KB270408

모닝 헬스가 나에게

모닝 헬스가 나에게

모닝 헬스가 나에게

성요주 지음

운동 '안' 하기에 15년째 실패 중

mons 몸문북

차례

1

모닝 헬스가 나에게

알람이 울린다. 울리기 전부터 어슴푸레 나는 깨어 있다. 그러고는 따르릉의 '따'이 시작될 때 황급히 알람을 끄고 화들짝 몸을 일으킨다. 아침 운동을 할 때다.

"아직도?"
"여전히?"

주변 사람들이 나의 안부를 물어 올 때면 8할이 이런 부사로 시작된다. 그럼 나는 한결같이 그들의 기대에 부응하는, 혹은 배반하는 답변을 한다.

"예, 나는 '아직도' '여전히' 아침에 운동을 한답니다."

15년쯤 된 습관이자, 15년째 같은 대답이다.

'모닝 헬스'를 주제로 책을 써보면 어떠냐는 제안을 받고 좀 망설였다. 요즘 같은 '5천만 운동인' 시대에 운동 이야기 하나 더 보태는 것이 특별할 게 있을까. 사람마다 신체 리듬과 일과 시계는 다 다른데, 굳이 아침형 인간 더하기 운동까지 설파하는 것? 좀 깍쟁이 같고

시시하지 않은가. 더구나 '운동이 가져온 기적(?)'류의 간증이 넘쳐나는 가운데 운동의 '운' 자만 들어도 눈살 찌푸리는 운동 혐오인들에게 나는 더한 스트레스를 얹어줄 의지도 열정도 없었다.

더 싫은 건, 아침 운동을 하는 사람에 대해 여전히 선입견이 존재한다는 것. '성공하는 이들의 10가지 습관' 같은 것을 꼽을 때 4~5번 항목쯤에는 꼭 들어가 있을 것만 같은. 어떤 기업의 CEO라든가, 존경받는 정치 지도자, 뛰어난 역량을 발휘하거나 남다른 성취를 이뤄낸 사람들의 일과에는 언제나 아침 운동이 있었다는 그런 뻔한 이야기.

나는 보시다시피(?) 기업의 CEO는커녕 비슷한 자리에 올라본 적도, 빼어난 능력을 가지고 어떤 특별한 성취를 일군 적도 없다. 이 땅의 자랑스러울 것 '없는' 일개 사회 구성원으로서 나는 그냥 운동을, 그것도 아침에 하는 사람일 뿐. 그렇게 실컷 시큰둥해질 무렵, 아이러니하게도 다름 아닌 '내가' 이 글을 써야겠다는 생각이 쳐들어왔다.

여러분, 성공하는 이들의 10가지 습관을! 무려 15년 동안! 실천해도 이렇게 성공하지 '않을' 수 있답니다?! 이 연사, 목 놓아 외쳐보겠다는 이상한 오기가 샘솟아 버리는 것이었다.

나는 어떤 사회적 성공의 비법으로서 아침 운동을 말하지 않을 수 있다. 아침 운동이 나에게 준 엄청난 깨달음이라든가, 가슴 울리는 교훈을 꼽아가며 독자를 설득하고 싶지도 않다. 다만 다시 한번 이 땅의 크게 자랑할 것 없이 평범한 한 인간이(라고 쓰고 술꾼이라 읽는다) 15년을 쉬지 않고 아침 운동을 해온, 크게 대단할 것 없는 이야기를 시작해 보려고 한다.

다른 누구도 아닌 내 몸으로 통과해 온 15년이라는 시간. 지금의 나라는 사람을 만드는 데 아침 운동이 차지하는 자리에 대한 당연하고도 필연적인 이야기. 어쩌면 이 글은 운동하는 몸이 된 이후로 내게 새롭게 새겨진 두 단어, 흘러가는 시간의 '당연'함과 반드시 그렇게 될 수밖에 없었던 '필연'에 대한 내 식대로의 정의일지도 모르겠다.

나는 15년 동안 아침 운동을 해왔고, 여전히 하고

있으며, 앞으로도 아침에 굳이 운동을 할 것이다. 이것
은 당연하게 "평생 운동할 것"이라고 필연적으로 내뱉
고 마는, 아주 평범한 아침 운동인의 단 하나뿐인 이야
기다.

2 날카로운 첫 '헬-쓰'의 기억

방년 29세. 내 생애 첫 헬스장 등록의 날을 기억한다. 당시 나는 얼추 10여 년('얼추'로 퉁치기로 하자)간의 잦은 음주와 월간지 기자의 밤샘 마감으로 점철된 불규칙한 생활, 30대를 바라보는 와중의 신진대사 저하 등등으로 인한 최악의 몸 상태를 맞닥뜨리고 있었다.

다이어트라고는 평생 해본 적이 없던 몸 여기저기에 '짜잔' 하며 등장한 군살들의 습격. 아침에 눈을 뜰 때 산뜻함은 저 멀리 사라지고 정반대의 부기라는 무거움. 놀란 나머지 절식에 돌입했다가 폭식으로 끝을 맺는 악순환의 반복까지.

이때 알았다. 몸은 반드시 정신에 영향을 끼친다는 것. 이 정도로 무너진 몸 상태로는 건강한 정신 상태를 결코 담보할 수 없다는 얘기다. 폭음과 폭식, 후회와 절식이 마치 번호표 순서 기다리듯 줄지어 드나들면서 몸은 물론이요, 삶의 밸런스 자체가 엉망이 되어갔다.

내가 찾은 돌파구는 다름 아닌 '운동'이었다. 지금 생각해도 온 우주가 도왔다고밖에는 말할 수 없는 타이밍. 당시 살던 아파트 지하에 헬스장이 생기면서부터다. 어떤 대단한 성과에 그에 꼭 걸맞은 엄청난 계기가 필요한 건 아니다. 집 근처에 우연히 빙상장이 생겨 스케이트를 배우기 시작했던 이가 올림픽 금메달을 따기도 하니까. 내 경우에는 빙상장 말고 헬스장이 생겼을 뿐. 하여 나는 이때부터 15년이라는 시간 동안 운동을 지속하게 된 것이다.

마침 오픈 기념 파격 세일도 도왔다. 기간 대비 가장 저렴했던 1년 치를 덜컥 계약하면서 바야흐로 아침 운동의 시대가 열린 셈이다. 운동 시간을 아침으로 결정한 건 지극히 자연스러운 수순이었다. 저녁에는 술을 마셔야 하니까. 내게 남은 선택지는 딱 하나, 출근 전 아침 시간이었다. 이 얼마나 단순해서 아름다운 시추에이션인가.

운동을 안 하던 이들이 헬스장 등록을 망설이는 이유는 이 많은 운동 기기 중에 어디서부터 뭘 얼마큼 어떻게 해야 하는지 당최 알 수 없기 때문이다. 이것저것 대충 깔짝대다가 러닝머신이라 쓰고 TV 시청으로 마무리되는, 땀 한 방울 안 흘린 채 뽀송하게 돌아오는 나날들이라든가. 그나마 서서히 좀 알아 가려는데 들입다 참견질 해대는 (대개는) 아재들 때문에 초장부터 기분이 상해 버리는 경우도 숱하게 봐왔다. 혹은 자기 객관화와 금전이 모두 장착된 이들이 퍼스널 트레이닝(PT)을 시작, 빡세게 굴려지다 빠르게 멀어지는 수순도 많았다.

그리하여 헬스장의 1년 풍경이란 대략 4분기적 탈바꿈을 거친다. 매해 1~3월, 새해 포부로 똘똘 뭉친 신입 회원의 난입 시기인 1분기. 하지만 3~4개월만 지나면 정상(?) 수준으로 회복된다. 기존 회원들끼리 '그럴 줄 알았다'는 의미의 눈인사를 나누게 되는 2분기. 6~7월, 여름휴가라는 재난을 맞닥뜨린 이들로 다시 반짝 북적이는 3분기를 지나, 마치 동면에 들어간 듯 훅 빠져나간 회원들로 한적해진 4분기가 반복되곤 한다. 아, 이때는 가까스로 짐 찾으러 몇 개월 만에 방문한 몇몇 눈에 익은 이들을 만나는 반가움이 공존한다.

그러니까 이런 평범한(?) 헬스장 루틴이 내게는 적용되지 않았던 이유. 그 날카로운 첫 키스…… 아니고 헬스의 기억은 이렇다. 애초부터 PT까지는 엄두도 내지 않은 나는 신입 회원 오리엔테이션을 십분 활용했다. 처음 온 회원들에게는 반드시 무료로 제공되는 운동법 티칭 시간. 물론 이런 오리엔테이션은 헬스장마다 다른 기준으로 적용될 텐데, 내 경우에는 새로 생긴 헬스장과 열정 넘치는 트레이너들 그리고 헬스 초짜 신입 회원이라는 삼박자가 시너지를 발휘했다.

트레이너들은 개장 첫 오리엔테이션에 온 정성을 쏟았고, 나는 눈을 반짝이며 귀한 가르침을 쭉쭉 흡수했다. 열심히 공부하는 학생을 싫어할 선생님은 없다는 걸 삼십 줄에 들어선 헬스장에서 또 한 번 깨달았다. 매일 새벽, 같은 시간에 따박따박 나와 어제 가르친 걸 열심히 복기하는 학생에게 트레이너는 자꾸만 재능기부를 베풀었다.

나는 이 헬스장의 이름이 서너 번 바뀌는 동안에도, 트레이너 수십 명이 드나드는 와중에도 늘 같은 시간에 비슷한 열심으로 그곳을 지켰다. '신입' 트레이너라해도 1~2주만 지나면 매일같이 운동하는 이곳의 터줏대감(?)을 알아본다. 나는 그들의 한결같은 관심과 애정을 받으며 운동력과 운동 상식을 꼬박꼬박 채워 나갔다. 날카로운 첫 키스…… 아니고 첫 '헬-쓰'의 기억은 이렇게 월드 피스적 재능 교환으로 기어코 날 운동의 세계로 이끌었다.

운동 중에서도 아침 운동의 장점이 이것이다. 무언가를 시작하기에 좋은 시간. 나의 초심과 트레이너의 열정, 헬스장 오픈발이 시너지를 일으킬 수 있는 바로 그 시간. 야, 너도 아침 운동 할 수 있어.

3 재미'없음'의 능력자

누군가 운동을 한다고 하면 사람들은 눈을 반짝이며
묻는다.

"오, 무슨 운동 하세요?"

이 질문을 받으면 나는 왠지 모르게 멋쩍어진다.
"아이 뭐, 그냥 헬스 해요. 허허." 하고 괜히 머리를 긁
적인다. 당최 머리는 왜 긁는지 나도 알 수 없지만, 추
측해 보면 대략 이런 마음 아닐까 싶다.

듣는 사람을 놀라게 할 새로움, 요즘 핫하다는, 막
트렌디하고 힙한 운동이 아니라서 미안합니다. '딱 보
니 되게 근육질이거나 막 모델 몸매는 아닌 것 같은
데……?' 의심하는 여러분이 대개 맞습니다, 맞고요.

그러곤 후속 질문이 곧잘 이어진다.

"근데 헬스는 재미가 없지 않아요?"

아마도 전 국민이 한 번쯤 발 담가 본 적이 있을 그
'헬스'라는 이름의 체육관. 대부분은 작심삼일로 등을
지고, '아차차' 막바지에 짐 찾으러나 가던 그곳. 아마
김종국 부류의 머슬맨, 최소 몇 년 이상 꾸준한 헬스 경

력과 무게 치는(?) 능력을 보유한 헬스인들은 발끈하
며 이렇게 대답할 거다.

"쇠질이 얼마나 재미있는데요?"
"근육이 날로 잡혀 가는 걸 보는 게 얼마나 성취감
이 있는데요?"

헬스 동지들에게는 미안하지만 나는 딱 잘라 말하
겠다. 맞다. 재미없다, 헬스.

이전에는 복싱도 잠깐 배워보고, 요가나 수영, 취
재 덕분에 주짓수, 암벽 등반까지 두루 경험을 해보면
서 운동에는 꽤나 일가견이 있다고 생각했다. 취미 삼
아 해보면 대충 다 따라가니까. 말 그대로 익스트림한,
한 번쯤 이 악물고 바짝 해내면 당장의 난관을 넘는 데
에는 큰 문제 없는 그런 종류의 운동들. 외려 그 잠깐의
한계를 넘어설 때 쾌감마저 컸었다. '그래, 나 운동 신
경 꽤 괜찮잖아, 훗!' 어깨 뽕 차는 재미를 느끼는 부류
였달까.

내게는 그때까지 헬스는 재미없어서 안 하던 것이
었다. 남들이 보기에도 꽤나 다이내믹하고 성취감 느

낄 만한 신체 활동에 스스로 취해 있었을 수도 있다. '북한산 인수봉 정복!' '복싱 KO!'와 같이 한 문장에 설명이 되는, 눈에 보이는 성취가 드러나는 활동 말이다. 하지만 헬스를 시작할 때의 나는 달랐다. 삶은 한 문장으로 설명할 수도, 잠깐 바짝 한다고 성취되지도 않았다. 결론부터 얘기하자면 당시의 내게는 그 재미없는 것이 딱 맞았다. 아니, 필요했을지도 모르겠다.

늘 평가에 노출된, 매번 자기 증명을 해야 하는 K-직장인. 덜 잘하는 건 그냥 못하는 것, 꾸준함보다는 탁월함이 미덕인 사회생활에 나는 서서히 지쳐가고 있었는지 모르겠다. 나 혼자 죽어라 해봐도 혼자 해낼 수는 없는, 혹은 혼자 박수 받는 건 언감생심인 직장 생활. 반대로 팀이 다 같이 했던 일도 그중 하나는 꼭 자신의 지분만 주장하며 남 깎아내리는 꼴을 봐야 하는 그곳. 협동과 경쟁 사이의 살얼음판.

만화적인 상상을 해보자면, 직장이란 실은 서로를 부지런히 밀어내면서도 겉으론 어정쩡하게 어깨동무한 채 기어코 옆사람을 이겨야 하는 곳이 아닐까. 이런 모순적 상황에서 나는 어쩌면 경쟁의 'ㄱ' 자조차 내 삶에 더하기 싫었는지도 모르겠다.

그 와중에 운동은, 개중에도 헬스는 오롯이 나 혼자, 내가 나를 통제할 수 있는 것이었다. 누구는 데드리프트+스쿼트+벤치 프레스 3대장 ○○○kg 같은 목표치를 세우고 부단히 도달하려 애를 쓸 테지만, 그 또한 개인의 목표 설정. 남이 세워놓은 기준에 따를 것 없이, 나의 몸에 맞게 선택하면 되는 일이다. 누굴 이겨야만 내가 산다는 경쟁 없이 헬스는 그저 혼자 이 시간을 건너면 되는 것이었으니까.

좋든 싫든 내가 평생 데리고 살 내 몸에 성공 또는 실패가 어디 있겠나. 오케이, 넌 이만큼 했으니 승진 혹은 정직, 감봉 뭐 그런 잣대가 어디 있겠나. 미우나 고우나 내 몸인 것을. 그놈의 결말과 처분을 죽을 때까지 유예할 수 있는 게 운동이었다. 그래서 좋았다. '결과를 내놓지 않으면 구워 먹으리' 같은 처분이 없는 공간. 내가 놓지 않으면 놓아지지 않는 것.

매번 어떤 성취로 증명해야 하거나 누군가와 비교 우위를 따지는 평가는 적어도 내가 하는 운동에서는 필요 없었다. 수많은 감정 소모와 사바사바(?) 사내 정치 같은 것들이 끼어들 틈이란 없었다. 일정 시간을 견디고 버티면 기어코 지나가는 것이 운동이었다. 회사에서 주는 돈과 나의 능력을 일분일초 저울질하는 자기 검열의 세계 아니라, 나 혼자 나의 시간을 발굴하고 조금이나마 능력을 개발하고, 그게 몸의 실질적 변화로 나타나는 것. 삼시 세끼 밥 먹는데 이유를 묻지 않듯, 그냥 닥치고 루틴처럼 따박따박 해내기. 그게 나의 운동이었다. 재미가 없어서 헬스를 시작도 '안' 했다면, 같은 이유로 헬스를 '지속'하게 되는 아이러니.

'이 재미없는 거, 너무 재미있잖아?'

이 모순적인 한 마디가 나의 아침 운동 15년을 설명한다. 어떤 일이든 거기서 재미를 찾을 수 있다면, 동기 부여로 그만큼 좋은 게 또 있겠냐만은. 그렇게 재미를 죽자고 찾는다는 건, 역으로 재미없는 대부분의 시간을 견디기 어려워한다는 방증이기도 하다.

나는 그렇다면 재미없는 순간을 15년 동안이나 꽤 잘 견뎌온 재미'없음'의 능력자. 내게 꾸준함이란 '해

나감' 그 자체다. 돈도 안 되는 일에 (오히려 돈 써가며) 15년을 매진하는 힘이다.

재미를 찾을 수 없는 순간에도 재미를 찾아야 한다는 강박 대신, 재미가 없음에도 그냥 하는 것. 그냥 하고 또 하다 보니 어느새 재미없음을 재미있어하는 궁극의 모순을 만드는 일. 모순덩어리 운동인은 오늘도 이 재미없음의 재미를 느끼러 간다.

4

팔 굽혀 펴기 하는 여자

맹세코 그날까지 단 한 번도 푸시업을 성공해 본 적이 없었다. 아니 시도도 안 해봤다. 어린 시절에 체력장 같은 걸 할 때, 장난삼아 팔을 굽혀 봤다가 처절하게 바닥과 한 몸이 돼버린 경험 정도가 전부였달까.

여기서 동년배 대부분의 여성은 고개를 끄덕일 거다. 다들 엇비슷하게 '팔 굽혀 펴기 고자(?)'로 학창 시절을 보냈을 거란 이야기. 체육 시간에도 운동장은 거의 남자아이들의 몫이었고. 체력장 말고는 체력 단련이란 걸 학교 교과 과정에서 배워본 기회가 거의 없던 세대일 테니까. 팔 굽혀 펴기를 할 만한 팔뚝 근력을 가지지 못한 채 말랑하게(?) 나이 들었을 가능성이 농후하다.

그렇다면 헬스장에서 나는 어땠나. 즐비한 운동 기기들만 돌아가며 열심히 했지, 맨몸에 덤벨 정도 들었다 놨다, 15회 3세트씩 따박따박 횟수만 채워봤지. '뭘 어떻게 해내야지!' 구체적인 목표로 특정 자세를 연습해 본 적도 없었다. 그러다 만난 것이 바로 나이키 트레이닝 앱이었다. 헬스를 시작한 지 5~6년은 족히 됐을 시절, 나는 그때부터 운동에서만큼은 꽤나 얼리어답

터였다. 나이키 트레이닝 앱(NTC: Nike Training Club)이 등장했을 당시부터 앱 운동이라는 낯선 세계에 발을 들였다.

NTC는 유튜브의 어떤 운동 채널보다도 좋았다. 나이키의 글로벌 트레이너들이 직접 짠 프로그램들은 상당히 전문적이고 다양했다. 초/중/고급, 근력/요가/피트니스 등 카테고리별로 원하는 것을 시작하면 트레이너와 함께 끝까지 해낼 수 있도록 설계돼 있다. 나는 매일 200~300여 개 프로그램 중 하나를 선택해 따라 하며 혼자 하는 모닝 헬스에 또 다른 재미를 붙이고 있었다.

그러던 어느 날, 맨몸 근력 운동 프로그램 중 하나를 플레이하다가 '푸시업 30초' 구간을 만났다. 시간은 째깍째깍 가고 있고, 망설일 틈도 없이 팔을 굽히라니까 엎드려 팔을 굽혀 보았다. 그런데 이게 어찌된 일인가! 팔을 잠깐 몇 센티미터도 아니고 정확히 90도 굽혀서 다시 펴기까지 모든 게 너무도 순조롭게 이루어지는 게 아닌가. 마치 어제도 그제도, 10년 전에도, 자다가 벌떡 일어나서도 팔 굽혀 펴기를 해내는 사람처럼.

나는 난생처음의 푸시업을 심히 스무~스하게 해낸 것이었다.

'뭐야, 나 왜 푸시업 돼? 왜 잘해?'

누가 그걸 봤거나 말았거나 그 순간 내가 제일 놀랐다. 한두 개도 아니고 10개를, (물론 갈수록 꿍차 힘이 들었지만) 비슷한 자세로 진짜 푸시업을 30초 동안 해낸 것이다. 밥때가 오면 밥을 차려 먹듯이, 운동 때를 정해 두고 따박따박 운동해 왔던 나의 지난 5~6년이 날 여기까지 이끈 거다. 푸시업과는 상관없는 줄 알았던 운동 기기들, 고작 3~4kg의 덤벨을 50번씩 올렸다 내렸다 해왔던 지난날들이 나를 푸시업 할 줄 아는 몸으로 만들었던 거다.

나는 그렇게 푸시업을 30초에 10개, 11개, 15개……1분에 20개까지 차근차근 늘려 갔다. 홍시 맛이 나서 홍시라고 말하듯, 그냥 계속 팔을 굽혔다 폈더니 팔 굽혀 펴기를 할 줄 알게 됐다. 10개에 녹다운됐다가 11개, 15개까지 해내는 몸이 되고, 30초도 힘들지만 1분 코스를 만나면 푸시업 20개 이상을 그저 이 악물고 해내는 몸이 된 거다.

"풋, 여자가 푸시업을 하면 얼마나 하겠냐?"

한번은 술자리에서 남자 선배의 매우 익숙한 코웃음을 만났다. 어디 가서 힘 자랑 하는 거 아니라고들 하니까 나도 안 하는데. 누가 먼저 도발하면 나도 별것 아니라는 듯 "뭐? 이런 거?"라며 해 보일 줄 아는 운동인으로 성장했다는 것을 알게 된 그날.

"푸시업 20개? 누가 먼저 끝내나 한번 해볼래요, 선배?"

나는 짐짓 점잖게 제안을 했다. (다시 말하지만 술자리였다.) 결국 그 자리에서 선배와 나는 함께 푸시업에 들어갔고, 결과는 남자 선배보다 내가 정확히 5초 빠른, 40초경에 먼저 20개를 해치웠다는 이야기. (잊지 말자, 술자리였다.) 승리감에 도취한 (또는 술에 만취한) 당시 내 기억으로는 끝낸 후의 숨소리도 그 선배가 더 거칠었다.

나는 모닝 헬스를 시작하며 특정한 목표를 세우지도, 그 목표를 이루는 성취감을 추구하는 부류도 아니었다. 지금도 물론 아니다. 그러나 이렇게 문득 성취라는 게 찾아오는 게 또 운동이다. 목표하지 않았는데도 불현듯 달성해 버리는 게 운동이다. 나의 운동이 드물게 짜릿해지는 순간.

운동했던 시간이 고스란히 운동하는 몸으로 돌아오는 일. 운동을 하려는 누구에게나 꼭 어떤 목표를 향해 경주마처럼 달리며 전전긍긍하지 않아도 된다고 말하고 싶다. 몸은 어떤 식으로든 꾸준히 하는 그 시간에 의해 단련된다. 매일을 알아차리지 못하다가도 어느 순간 신체 능력치의 향상이 폭풍처럼 밀려온다.

팔을 굽힐 줄만 알았지, 당최 펴지는 못했던 이가 팔을 굽혀서 펴기까지. 그걸 수십 번씩 거듭할 수 있게 되기까지. 그러곤 바닥에서 일어나 기어코 철봉에 매달려 풀업, 턱걸이를 성공하기까지. 목표하지 않고도 불현듯 이루어지는 날은 기어코 찾아온다. 그렇게 운동은 꿈도 안 꿨던 일을 그 이상으로 이루게 한다.

이게 무슨 간증이냐고 묻는다면, 간증 맞다. 내가 하나님과 대화……까지는 안 해봤어도 물구나무서기 하며 땅님과 "하이~ 헬로~" 할 줄은 안다. 인도의 어느 요가인처럼 갑자기 팔다리를 뒤로 활처럼 휘게 해, 흡사 엑소시스트 자세를 해버린다. 앞으로 또 어떤 걸 해내게 될지 웬만해선 나를, 꾸준히 운동하는 당신의 향상하는 신체를 막을 수는 없다.

5   '간지'는 너무 중요해

헬스장에 지나 데이비스 같은 사람이 걸어 들어왔다. 무려 1996년 영화 〈롱 키스 굿나잇〉의 주인공. 여성 액션 히어로라고 했을 때, 나의 기억에 가장 강렬하게 남아 있는 인물이 있다면 지금까지도 바로 그 지나 데이비스다. 그녀의 현신 같았다. 실로 길고 탄탄하며 단단한 몸에 아래위로 쫙 달라붙는 레깅스와 탱크톱을 입고 성큼성큼 걸어 들어왔다. 긴 머리를 대충 쓱쓱 잡아 묶으며 몸을 푸는, 그대로 액션 영화 속 주인공 같은 '간지(!)'에 나는 강렬하게 반해 버렸다.

그때까지 나는 어땠나. 헬스장 제공 운동복을 얌전히 주워 입고서 그 시간대 대부분을 차지하는 중장년층 어르신들보다 좀 더 나은 젊은 피(?)로서 출랑출랑 체육관을 누볐더랬다. 그런데 그 지나 데이비스가 등장한 거다. 천편일률적인 헬스장 운동복 따위, 운동 욕구는 언감생심 그저 편리함 하나로만 기능하는 그런 찜질방복 같은 건 내 몸에 걸칠 수 없다는 듯 찬란한 개인 운동복을 입고서! 근육의 결 하나하나까지 꿰뚫어 볼 수 있을 것만 같은 쫙 붙는 레깅스 차림으로 그는 어떤 성적인 자극 없이 스포츠인의 오라aura를 뿜으며 활보하고 있었다.

그의 동선을 부지런히 눈으로 좇은 결과, 가장 남달랐던 건 그의 운동량이었다. 누가 시켜서도 아니요, 혼자서 그렇게 2시간 남짓을 쉬지 않고 운동에 매진하는 장면. 나는 이전에 국가대표를 제외한 그 누구에게서도 운동에 대한 그만큼의 열중과 진심을 본 적이 없었다는 걸 그를 보고서야 깨달았다.

그에게는 4단계의 운동 루틴이 있었다. 일단 러닝머신에서 10~20분 빠르게 걸으며 워밍업을 했다. 그러고는 근력 운동을 기구별로 무게 쳐가며 제.대.로. 했다. 상하체 날을 나눠서 1시간 남짓. 그러고는 다시 유산소 러닝을 숨이 헐떡일 만큼 빡세게 20여 분 하고, 대망의 마무리는 스트레칭으로.

그런데 이 모든 걸 대충 하는 법이 없었다. 해야 되니까 하는 게 아니라 내가 짜놓은 루트를, 내가 정해 놓은 횟수와 세트만큼 한 걸음 한 걸음 짜내듯이 정성껏 밟았다. 탱크톱이 땀으로 홍건해질 때까지.

마지막 스트레칭은 그야말로 기가 막혔다. 발레리나가 따로 없었다. 다리 찢기를 앞뒤옆옆 180도씩 자유자재로 쫙쫙 하더니 기함할 자세로 온몸의 근육을 이완하듯 10여 분을 공들여 해냈다. 그러니까 내 눈에는 아예 보법이 다른 운동인이었다.

그의 운동 루틴을 그대로 신봉하게 만들어주는 것은, 다름 아닌 바로 그의 몸. 탐이 날 정도로 뛰어난 근력과 기능으로 무장한 바로 그 몸이었다. 나는 사람 근육의 결이 그토록 하나하나 살아 숨 쉰다는 느낌을 받아본 적이 없었다. 10여 년이 지난 지금도 나는 그의 몸을 눈앞에 그대로 떠올리며 그림으로 그릴 수도 있다. 나는 매일 아침 그를 슬쩍슬쩍 스캔하며 따라 하기 시작했다.

그처럼 땀이 날 정도로 근력 운동을 하고, 숨이 헐떡일 정도로 유산소를 뛰었다. 아, 그리고 맨 먼저 그 못생긴 운동복부터 벗어 던졌다. 나도 짱짱한 레깅스를 사 입고, 거울 보며 자세마다 다르게 움직이는 다리 근육을 관찰했다. 민소매를 입고 이두근, 삼두근이 어떻게 자극되는지를 확인했다.

옷만 바꿔 입었을 뿐인데, 나는 서서히 자세부터 바뀌는 것만 같은 기분 좋은 착각이 들었다. 내 몸이 운동을 꽤 잘 먹고(?) 있는 것처럼 느꼈다. 왜, 김종국이 쇠질 하면서 "으아! 맛있다!"를 외칠 때의 그 말이 뭔지

알겠달까. 몸이 움직임을 속속 흡수하고 있다는 느낌. 점점 그 지나 데이비스와 신체와 정신, 물심양면으로 가까워지고 있는 것 같았다.

그리고 대망의 스트레칭. 본격적으로 헬스를 하기 전 요가를 잠시 배웠던 나인데, 그때는 요가 자격증까지 도전해 보라는 소리를 들었던 나인데······! 몇 년간 스트레칭도 제대로 안 하고 있었다는 걸 깨달았다. 양옆으로 다리를 죽 찢고, 그도 모자라 가슴까지 쫙 바닥에 붙인 채 고요하게 몇 초간 버티는 거, 나도 한때는 저거 할 수 있었는데? 그 한때를 소환하고 싶었다.

나도 저렇게 숨 헐떡일 때까지 근력과 유산소를 해낸 다음, 우아하게 다리 찢으며 스트레칭으로 마무리를 하고 싶었다. 그 지나 데이비스의 존재보다 강력한 동기 부여란 없었다.

그는 과장 좀 보태 다리가 내 가슴 정도 올라오는 큰 키에 온몸 구석구석 근육이 존재감을 내뿜고 있는 서울시 ○○동의 지나 데이비스였고, 나는 그를 따라 하는 10센티미터는 작은 키에 소박한 근육량의 소유자였지만, 그를 따라 하면서 나는 운동에 새로운 전환

점을 만들 수 있었다. 나도 소위 운동 '간지' 좀 내보고 싶다는 욕망, 따라 하는 재미, 따라 했더니 점점 변해가는 피지컬을 맞닥뜨릴 수 있었다.

그는 그 사이에 임신을 했고, 아이를 낳았다. 그 사이에 변한 건 점점 부풀어오르는 배였을 뿐. 쫙 달라붙는 레깅스와 탱크톱도 그대로, 그의 근육과 체지방도 '눈바디'로는 거의 변함없이 그대로였다. 그가 출산 후 돌아와 다시 비슷한 루틴으로 운동을 해내던 기간 또한 채 한 달도 안 됐던 것으로 나는 기억한다.

어떤 동경의 대상이 눈앞에 있고, 그가 하필 오롯이 운동에 열중하는 사람일 때, 그것만큼 내 운동에 좋은 스승이 없다는 걸 나는 그때 알았다. 그를 지켜보면서 나는 운동에 대해 점점 진심이 되어 갔던 것 같다. 나만의 동경의 대상이던 그는 아마도 우리 헬스장 내 수많은 동료에게도 운동 욕구를 자극했을 것이다. 특히 여성 운동인 중에는 그의 루틴을 나처럼 따라 한 이들도 많았을 것이다. 그렇게 그는 서울 모 헬스장의 모닝 헬스인들에게 지대한 영향을 끼쳤을 것이다.

나의 모닝 헬스에 있어 영원한 스승이라면 그 어떤 트레이너나 운동 서적, 또는 나이키 트레이닝 앱보다도 바로 그 지나 데이비스. 지금 그는 어디에서 무얼 하고 있을까. 단언컨대 어디에서든 그는 여전히 운동을 하고 있을 것이다. 그를 따라 하며 내가 지금까지 15년째 운동하고 있는 것처럼.

자신은 알 리 없겠지만 나의 영원한 스승이자 헬스 동지인 그에게 러브레터 띄워본다. 언니가 운동인 한 명 제대로 키웠다고. 멋있으면 다 언니니까.

6 의심은 나의 힘

나는 맨몸 운동을 한다. 근래 들어 유행 중이라는 캘리스데닉스 calisthenics, '죄수운동'이라고도 불리는 그것. 무게 치며 근육량을 늘리는 게 아니라, 맨몸으로 근육 하나하나를 자극하는 운동. 스쿼트, 플랭크, 푸시업, 버피 등 운동 초보에게도 낯설지 않은 이 운동들 모두가 맨몸만으로도 올바른 자세로 '잘'만 하면 근력을 기르는 데 부족함이 없다. 여기서 중요한 포인트, 바로 '올바른 자세로 잘만 하면'이다.

나도 초반 1~2년은 헬스장에 있는 기구들 돌아가며 무게만 치다가 금방 재미를 잃었던 것 같다. 지금과 비교하자면, 무게를 드는 것에만 치중해 자세는 아주 엉망이었다. 그러다 당최 이상해서 일단 맨몸으로 스쿼트를 해보고 플랭크를 해보게 된 거다. 스쿼트를 하는데 트레이너가 지나가며 앞쪽으로 과하게 휜(과신전된) 허리를 펴라고, 무릎을 넣으라고 자세를 잡아주고 갔다. 플랭크 하다 자꾸 처지는 나의 배를 탁탁 올려쳐 주고 갔다. 나이키 트레이닝 앱으로 운동을 하기 시작하면서 맨몸 운동이 내게 더 맞는다는 것을 알아갔다. 오, 이렇게 하는 거구나!

그러면서 어떤 동작에서 어디에 힘을 줘야 하는지 나는 점점 세밀하게 알게 됐다. 힘들면 어디를 가장 먼저 힘을 빼고 싶어지는지, 그 힘을 거슬러보며 깨달았다. 그렇게 혼자서 근육을 자극하는 법을 알아갔다.

맨몸 운동을 얼추 6개월만 꾸준히 하다 보면 근육의 자극점을 알게 된다. 타협하고 싶어지는 나를 자꾸 의심하게 될 거다. 의심은 나의 힘, 너의 힘, 운동의 힘. 같은 스쿼트를 15년째 하면서도 매일 의심하는 이유다.

지금 자세 괜찮은가? 무릎이 발 앞으로 나가지 않고 일자로 잘 내려가고 있나? 허벅지 뒤쪽 근육과 둔근을 제대로 자극하고 있는가? 무릎이 자꾸 안쪽으로 말려들고 있지 않은가? 힘들다는 핑계로 3분의 1만 깔짝 내려갔다 올라오는 횟수를 반복하고 있지는 않은가? …… (후략)

한 동작에서도 신경 쓸 게 너무 많다. 게다가 스쿼트라고 다 같은 스쿼트가 아니다. 그 안에서도 앉았다 일어날 때 점프를 넣어 강도를 높이는 '점프 스쿼트', 일어설 때 스키 타듯 깨금발을 들어 올리며 종아리와

발목까지 같이 자극하는 '스키 스쿼트', 180도 양방향으로 돌면서 점프하는 '회전 스쿼트', 완전히 바닥까지 앉았다 일어나는 '풀 스쿼트'나 3분의 1만 아주 빠른 박자로 진행하면서 맥박처럼 스피드와 횟수를 늘려가는 '스쿼트 펄스pulse' 등. 스쿼트만 종류별로 돌아가며 제대로 해도 평생의 코어 및 하체 근력을 고루 기르는 데 문제가 없다.

소위 '엎드려뻗쳐' 자세인 플랭크는 어떤가. 플랭크 몇 분을 버티냐를 겨루기 일쑤이지만, 플랭크야말로 엄청난 응용 동작이 줄줄이다. 팔꿈치를 댄 채로 팔과 다리 힘, 코어까지 써서 앞뒤로 왔다 갔다 하는 '플랭크 소우'(엄청나게 힘들다. 15개만 해도 녹다운), 플랭크 자세로 팔꿈치를 펼쳐 손으로 짚어 일어나고 다시 팔꿈치로 짚어 상하 이동을 반복하는 '플랭크 워킹'(뒤지게 힘들다), 플랭크 자세로 두 다리를 번갈아 들어 올려 엉덩이에 자극을 주는 '플랭크 얼터네이티브 레그 리프트'(엄마 나 살려), 플랭크 자세로 허리를 좌우로 비틀어주는 '플랭크 비틀기'까지. 엎드려뻗쳐 자세는 이처럼 거의 무한 응용이 가능하다.

물론 이 모든 운동에서 허리가 자꾸 바닥으로 처지

면 아무짝에도 소용없다. 다시 한번 말하지만, 자세가 전부라니까.

매일 맨몸 운동을 스쿼트, 플랭크, 버피, 팔 굽혀 펴기를 돌아가며 제.대.로. 해보자. 한 동작 한 동작, 한 세트 한 세트를 잘하고 있는지, 그다음 회차에서 자세가 연속성을 갖는지 등을 세밀하게 신경 쓰느라 분주할 수밖에 없다. 어떤 자세가 완벽한지를 머리로 알고 있기 때문에 지금 내 몸의 자세 하나하나를 의심하며 성공과 실패를 가름해 내야 하는 것이다.

아무리 운동을 오래 했다고 해도 스쿼트 하나라도 저절로 되지 않는다. 스쿼트 1개 할 때의 나와 스쿼트 20개째의 내가 흐트러지지 않고 괜찮았는지, 횟수마다 스스로를 의심하고 몰아붙인다. 어떤 날은 10회가 완벽했고, 어떤 날은 20회가 몽땅 엉망이었다.

PT 트레이너가 따로 없으니 내가 나의 퍼스널 트레이너가 된다. PT 트레이너라면 눈감아주거나 자칫 못 보고 넘어갈 것을, 나는 사실 단 1도 안 놓친다. 스쿼트가 힘들어서 자칫 허벅지 말고 무릎을 써서 내려갔다? 스스로에게 '무릎 말고 허벅지!! 둔근!! 둔근!!' 하고 어찌나 호되게 외치는지 모른다.

몸은 늘 의심을 낳는다. 몸을 움직인다는 것은 하루하루의 컨디션, 상황, 기분, 타이밍, 아침으로 뭘 먹었는지 등등에 따라 지대하게 달라진다. 그것이 몸을 움직여본 사람만이 아는 확신이요, 계속되는 의심의 이유다. 영화 〈콘클라베〉에 이런 대사가 있다.

"다른 어떤 죄악보다 가장 두려운 죄악이 있습니다. 확신. 확신은 일치의 가장 큰 적입니다. 확신은 인내의 치명적인 적입니다. 그리스도조차 끝내 확신하지 않으셨습니다. 우리의 신앙은 의심과 함께 걸을 때에 살아 있는 것입니다. 확신만 있고 의심이 없다면, 신비도 없고 믿음도 필요치 않습니다. 하느님께서 우리에게 의심하는 교황을 허락하시기를. 우리의 교황은 범죄하고 용서를 구하고 계속 나아가는 분이기를."

그렇다. 갑자기 웬 하느님까지 동원하나 싶겠지만, 운동도 정확히 그렇다. 오직 경계해야 할 것은 내가 지금 잘하고 있다는 확신. 나의 근력을 늘 의심하며 한 회 한 회 근육을 자극하는 자만이 운동하는 자이다.

'너의 스쿼트는 지금 괜찮지 않다. 엉덩이 빠졌고, 무릎 나왔고, 각도 부족하다……' (후략)

운동을 '잘'하는 것에는 언감생심, 오늘의 스쿼트를 '의심'하는 나만이 실재한다. 그리하여 내게 똑같은 운동이란 없다. 오늘의 스쿼트, 아니 스쿼트 1회째의 나와 15회째의 나는 열다섯 번 다르다. 의심이 사그라들지 않는 이상 나의 운동은 지루할 틈이 없다.

7 내가 해본 운동, 복싱 편:
나는 이시영을 이겼을지도 모른다

모닝 헬스를 본격적으로 시작하기 전, 복싱 체육관에 6개월 정도 다닌 적이 있다. 근력은 부족해도 악과 깡으로는 어디 가서 뒤지지 않을 나는 애석하게도(?) 처음부터 복싱을 잘했다. 복싱 체육관에 등록을 하면 처음 하는 건 복싱 아니고 줄넘기다. 복싱만큼 중요한 게 줄넘기가 아니라, 줄넘기가 복싱 그 자체다.

복싱 배우러 갔는데 일주일 내내 줄넘기만 주야장천 하라니! 갈수록 줄넘기는 줄고 복싱이 늘어나는 게 아니라, 이 정도는 해야 준비 운동이라는 걸 알아버릴 정도가 돼서 숨 하나 안 차고 줄넘기 몇 천 개는 거뜬히 해버리게 되는 수순이다. 누구라도 예외 없이 그렇다. 이제 좀 가볍게 줄을 넘게 되면 복싱 스텝을 배운다. 그러고 나면 이제 대망의 섀도복싱까지.

섀도복싱이란 여러분도 다 아는 바로 그 자세. 상대 없이 나 혼자 스텝을 밟으며 팔로 허공에 잽과 스트레이트, 원투, 훅, 어퍼컷 등등을 날리는 훈련을 말한다. 기본자세는 한쪽 어깨를 앞에 둔 채 몸을 틀어서 서고, 뒤 주먹으로는 턱을 보호하고, 앞 주먹은 얼굴 정면을 가리게끔 해서 가드를 친다. 그 자세로 거울을 딱 보면? 자세는 어정쩡해도 눈빛이 갑자기 파이터의 그것으로 변해 버린다. 내가 마치 록키라도 된 기분이 자연스럽게 들어버린다. 나는 거울 속 셀프 '록키-되기'에 심취해 원투 원투, 잽, 스트레이트에 훅까지, 금세 곧잘 따라 해냈다. 섀도복싱이 그렇게 재미있을 수가 없었다.

'뭐야, 나 지금 진짜로 주먹을 날리고 있잖아?'

그러다 처음 샌드백을 쳐보면 이게 또 놀랍다. 이렇게나 묵직하다니, 가볍게 날리는 잽으로는 샌드백의 코털도 못 건드린다는 걸 알게 되는 게 1주 차다. 나는 또 금세 그 무게에 익숙해져 2주 차에는 열 번에 대여섯 번은 점점 힘을 실어 임팩트 있게 땅땅 때릴 수 있게 됐다. 그와 함께 섀도 스텝과 잽은 퀵퀵, 점점 날래지고 있었다.

'이놈의 운동 신경이라니 후훗.'

복싱 초반 뽕에 심히 취해 버린 건, 또다시 애석하게도(?) 나뿐만이 아니었다. 관장님도 취해 버렸다. 복싱 시작 한 달도 채 지나지 않은 시점에 관장님의 섣부른 제안을 받았다. "아마추어 대회를 한번 나가보자!" 맞다, 〈무쇠소녀단2〉에서 나왔던 그 대회.

복싱 체육관에서는 링을 기준으로 계급(?)이 철저하게 구분된다. 링에 올라가서 스파링을 할 수 있는 소수의 고수와 링 밖의 대다수, 바로 신입 초짜·하수·중수 등 대부분의 일반인(?). 나는 관장님의 과도한 기대에 또 뽕 맞은 듯 부응을 해버렸다. 원래는 2~3개월은 족히 배워야 한 번 올라갈까 말까 하는 링에 나는 한 달도 채 안 된 시점에 올려졌다. 여기서 반전. 첫 스파링, 3라운드를 해보고 나서 나는 바로 깨달았다.

'아뇨, 전 틀렸어요…….'

하필 첫 상대가 190cm 거구의 남성분이었다고 해도(당시 내 기억은 거의 타이슨 급으로 보였다), 그게 누구든 나는 사람을 타격하는 데에는 영 젬병이라는 사실을 처절하게 깨달았다.

샌드백은 그렇게 잘 치던 사람이! 가슴 높이로 매단 줄 양옆으로 다리 근력과 무릎을 사용해 업앤다운 하며 날래게 피하기를 귀신같이 해내던 내가! 레프트&라이트 잽, 스트레이트 원투를 팔만이 아니라 코어 힘을 동원해 세차게 날리던 내가……! 막상 링에서는 상대에게 볼 터치 한 번을 못 날리고 내려온 사연.

　내가 다닌 복싱 체육관에서는 하루 종일 "땡땡" 종이 울렸다. 3분마다 실제 프로 복싱 시합처럼 1라운드 3분이 지났음을 알리는 종이다. 그리고 숨 고르는 1분에 이어 다시 3분이 종일 반복된다. 태어나서 3분이 이렇게나 긴 시간이라는 걸 나는 복싱을 하면서 알았다. 3분 동안 사람 몸이 얼마나 빨래처럼 탈탈 털릴 수 있는지를. 링 아래 훈련과 스파링은 완전히 다른 세계라는 것을. 훈련이 스파링에서 먹히려면, 스파링이 시합에서 발휘되려면 왕도는 없고 다만 더한 훈련의 무한 반복밖에 없다는 것을. 그렇게 복싱 3분 라운드를 매일 1~2시간을 반복하다 보면 작심삼일도 아니고 작심 3분형 인간으로 거듭(?)날 수 있다는 이야기.

　스파링 한 번 해보고 슬며시 시합 포기 수순을 밟았다는 슬픈 사연을 뒤로하고, 복싱은 강력 추천하는 운동이다. 스파링에는 영 젬병인 이들이라도, 꼭 대회를 목표로 하지 않더라도 운동으로서 추천한다. 줄넘기를 비롯한 준비 운동과 섀도복싱을 체계적으로 연습하는 것만으로도 근력 운동과 유산소, 체력 단련에 두루 좋은 전신 운동이다. 신진대사와 기초 대사량이 높은 몸을 만드는 효과가 탁월한 종목이다.

더구나 스스로 동기 부여가 잘된다. 영화나 드라마에서나 보던 복싱 자세를 취하고 거울을 바라보는 순간(비록 자세가 비루할지언정) '내가 진짜 두 손으로 가드를 치고 있구나' 몰입이 확 된다. 다이어트 효과도 탁월하다. 줄넘기 좀 (많이) 하고, 섀도복싱을 하고, 샌드백 좀 쳤을 뿐인데 체육관을 나올 때 내 몸에서 지방이고 군살이고 거추장스러운 건 싹 빠져나간 것 같다. 그 말인즉 복싱은 진짜 제대로 운동 되는 운동이 맞다.

장비발도 크게 세울 필요 없다. 복싱화가 있으면 좋지만 굳이 없어도 문제는 없다. 핸드랩, 즉 압박붕대는 구매할 것을 권한다. 시작 전, 손에 핸드랩를 감을 때마다 심히 비장해지며 운동 욕구 뿜뿜 차오른다. 붕대 감는 동작만으로도 마인드셋은 이미 완료. 글러브? 솔직히 없어도 된다. 자기 글러브가 필요할 정도로 복싱을 오래 지속할 수 있다면 그때 사도 전혀 문제없다. 대부분 글러브 끼고 링 위에 올라가기까지를 못 버틴다.

　비록 대회는 언감생심 포기했지만, 지금도 섀도복싱은 혼자 꽤 자주 한다. 여전히 죽지 않은 파이터의 눈빛으로 자세만 보면 어디 대회 한 번 나가본 자처럼 "오올~" 소리 나오게 섀도복싱을 해낸다. 그래서 가끔 아깝고 아쉽다.

　그때부터 복싱을 계속했으면 나는 이시영이랑 한 판 뜰 수 있지 않았을까. 혹여나 〈무쇠소녀단2〉 설인아랑 띠동갑(넘는) 차이 극복하고 겨뤄볼 수 있지 않았을까. 과도한 상상으로 오늘도 여전히 잽잽 원투 훅 백 날려보는 것이다. 링 위에서 날랜 나를 상상하며, 나 이시영을 이겼을지도 모르는 여자다, 이 말이다.

8

배짱은 코어로부터

일주일에 5~6회 운동을 한다고 했을 때, 3~4회는 코어 프로그램을 고른다. 상체, 하체 따로 각각 떼어서 단련하기보다 나는 오늘도 코어에 집착한다.

"너는 운동하는 사람 같아. 코어가 딱 서 있는 게 보여."

운동을 한 지 5년여쯤 됐을까. 체육을 전공한 친구가 내게 했던 말이다. 내가 운동을 꾸준히 하고 있다는 사실을 모르는 친구에게서 들은 말이라 더 기억에 남아 있다. 이게 정확히 나의 어떤 특성을 말하는 것인지, 당시 나는 잘 깨닫지 못했다. 그 후 어느 날 한 인터뷰이에게 같은 말을 건네고 있는 나를 발견하게 될 때까지는.

그는 사회적으로 가치 있는 일을 하는 스타트업에 투자를 결정하는 투자사의 여성 대표였다. 겨울에는 스키, 여름에는 수영, 사계절 각기 다른 운동을 즐긴다는 그에게 나는 자연스럽게 "어쩐지 운동하시는 분 같았어요. 코어가 딱 서 있는 게……"라고 말하고 있는 게 아닌가. 그러고는 말미에 "저도 운동을 하거든요."라고 덧붙였고, 인터뷰이의 반응 또한 같았다.

"그럴 것 같았어요. 기자님도 운동하는 사람 같아 보여요."

이건 그러니까 운동하는 사람끼리 알아보는 어떤 것이다. 운동하는 몸이라고 할 때, 그게 모두 천편일률적으로 우락부락 근육질의 몸이거나 군살 없이 날씬해서가 아니다. 걸음걸이, 앉은 자세, 하물며 목소리에서 느껴지는 기운까지. 몸을 보면 안다는 것은 몸의 외적인 형태보다도 몸에서 뿜어져 나오는 총체적인 에너지를 말한다. 운동을 오래 해온 사람들에게서는 그것이 느껴진다. 에너지와 기운. 자신의 몸을 함부로 대하지 않는 심지, 배짱 같은 것이랄까.

원래 심지란 그런 것이다. 중추란 그런 것이다. 허리가 바로 서야 나라가 산다는 말, 중산층이 든든히 받쳐줘야 사회 경제가 잘 돌아간다는 주장도 같은 맥락이다. 그러니 사람이야말로 허리가 튼튼해야 몸이 건강하다는 것은 1 더하기 1은 2와 같은 당연한 말 아니겠나. 중요한 건 늘 이 '코어'라는 말이다.

플랭크 1분, 스쿼트 100개, 윗몸 일으키기 100회, 마운틴 클라이머(엎드려뻗쳐서 달리기를 하듯 양발을 번갈아 빠르게 오가는 것) 30초 등등. 코어를 단련하는 수많은 운동은 하나같이 힘들다. 상체 운동에서 무거운 덤벨을 들어 올리는 것과 하체 런지나 스쿼트로 허벅지를 조지는(?) 것과 비교해도 2배, 3배, 그 이상으로 힘들다. 이놈의 가운데, 코어 힘은 상체와 하체 근육 전반에 관여하기 때문에 그렇다.

늘상 최대한 피하고 싶은 힘든 코어 운동을 주야장천 맞닥뜨리며 스스로 주문처럼 읊조리는 말이 있다.

"사람이 배짱이 있어야지!"

외부 자극에 흔들리지 않는, 아니 좀 덜 흔들리는 심지가 나는 배짱이라고 믿는다. 실제로 코어 힘이 강하면 누가 나를 흔들거나 치고 가도 잘 넘어지지 않는다. 비틀거리다가도 금세 중심을 잡을 수 있게 된다. 나에게 배짱이란, 힘을 통해 자신을 좀 더 신뢰하게 되는 일. 나는 늘 배짱 있는 사람이 되고 싶었다.

나를 신뢰한다는 건 뭐든 잘할 수 있다는 자신감보다 내가 언제든 잘못할 수 있다는 것을 인정하는 쪽에 가깝다. 잘못하고 흔들리다가 다시 일어날 수 있는 힘을 가지는 것에 대한 이야기다. 남의 잘못을 지적하기 전에 내가 잘못한 걸 돌아보고 인정할 줄 아는 것이 배짱이라면. 불확실한 가운데서도 피하지 않고 일단 덤벼보는 게 배짱이라면. 나는 배짱이 바로 코어 힘에서 나온다고 생각한다.

멘탈이 마구 흔들릴 때, 그 종잡을 수 없는 멘탈을 내가 대체 뭔 수로 극복하겠나. 바꿀 수 없고 다만 견디는 수밖에 없다면, 심적으로 견딜 수 있는 힘, '존버'하는 힘에 관여하는 것은 정신만이 아니다. 실은 물리적인 힘, 그것도 이 코어의 힘에서 나온다. 운동하는 내게는 배짱이 심리적인 다잡기가 아니라 신체의 힘 자체다.

배꼽 아래부터 엉덩이 위까지. 코어, 즉 배짱을 기르고자 나는 오늘도 플랭크 1분, 윗몸 일으키기 100회, 마운틴 클라이머 30초를 죽어라 달린다. 배꼽 아래 허리 중추가 운동하는 내내 지르르하다. 나는 오늘도 코어를 기른다. 배짱으로 걷는다. 일한다. 맞선다. 내가 그토록 원하는 것은 배짱이 실로 쨍쨍해지는 일이다.

9

진짜로 아무것도
안 하고 싶은 날이 있잖아요

유재석이 물었다.

"진짜로 너무 힘들고 지쳐서 다 때려치우고 싶은 그런 날 있잖아요. 그럴 땐 어떻게 하셨어요?"

TV 인터뷰 프로그램 〈유 퀴즈 온 더 블럭〉에 나온 출연자를 향한 질문이었다. 남극 대륙을 아무런 동력 기관이나 식량 조달 등의 도움 없이, 혼자서 이고 지고 걸어서 70여 일 만에 횡단에 성공한 김영미 대장. 1,786km를 하루 12시간씩 매일을 걸었다고 했다. 이렇게나 비범한 이에게 평범한 누구나가 품어볼 법한 궁금증이었다. 그에 대한 김영미 대장의 답은 이랬다.

"…… 뭐, 그런 날에도 그냥 걸어야죠. 달리 방법이 있나요?"

이 답을 듣자마자 유재석의 질문은 돌연 우문이 되었다. 그렇다. 그런 날이든 저런 날이든 어떤 날이든 그냥 걸어야 한다. 안 걸으면 어쩔 것인가. 하루를 쉬면, 그 하루는 고스란히 빚으로 쌓인다. 70일을 걸어서 도착할 목적지라면 70일을 걸어야지, 무슨 수로 뿅

일, 50일 만에 되겠나. 기분이 그런 날이면 그 기분을 딛고 그냥 걸어야지, 달리 무슨 방법이 있겠나.

내게 아침 운동이 그런 것이다. 하기 싫은 날은 시 시때때로 거의 매일같이 매분 매초 쳐들어온다. 진짜 하고 싶어 미치겠어서 하는 거 아니다. 그럴 때는 어떻게 하냐고 해맑게 묻는 사람에게 나는 마치 김영미 대장처럼 시큰둥하게 말할 것이다.

"그냥 하는 거죠, 하기 싫어도."

운동을 하루 쉬면 그다음 날은 자연스럽게 하고 싶어질까? 절대, 네버! 하기 싫어서 하루 쉬면 이틀 쉬고 싶고, 이틀 쉬면 3일, 4일, 일주일 쉬고 싶고, 그러다 평생 운동 따위 안 하고 싶다. 그게 인지상정, 연약하고 유약한 사람의 몸과 마음이다.

그래서 매일 그냥 한다, 무식하게. 하루 운동을 쉬었다면, 오늘보다 더 하기 싫어질 내일을 알기 때문에 그보다는 조금 덜 하기 싫은 지금의 기분을 이겨낸다. 어쩌다 기분에 몸 맡겨버리는 하루를 이틀, 삼일 그 이상으로 늘리지 않기 위해 최선을 다한다. 그게 바로 습관, 루틴이 된다.

우리가 습관이라고 말하는 것은 어린 시절 몸에 배어버린 게 대부분일 거다. 손톱을 물어뜯는 버릇이라든가, 애착 베개, 치약을 짜는 모양이나, 수건을 걸어놓는 방식까지 수도 없는 습관적 버릇은 성장 과정에서 환경과 성정에 따라 '자연스럽게' 형성된다. 이 자연스럽게 몸에 밴 습관을 나이가 들어서 고치거나, 안 하던 것을 습관으로 '만들게' 될 때에는 고스란히 시간과 공력이 필요하다. 설거지를 쌓아두지 않고 바로 하는 습관이라든가, 옷을 벗으면 바로 정리해 두는 습관, 매일 아침에 운동하는 습관까지.

진짜로 안 하고 그냥 다 치워버리고 싶은 기분? 오늘도 그렇다. 어제도 그랬다. 내일도 아마 꽤 그럴 것이다. 그러나 어제도 오늘도 내일도 아침에 일어나 나는 운동을 했고, 할 것이다. 나의 아침 운동이라는 습관은 이 기분이라는 고얀 것을 삶의 상태로 만들지 않기 위한 발버둥이다. 발버둥을 15년째 치는 중이다. 지난 15년은, 의지나 공력 없이 습관은 고쳐지지도 형성

되지도 않는다는 것을 알게 된 시간이다.

"왜 그렇게 해요? 뭐 어디 대회 나가게요?"

놉! 보디 프로필을 찍거나 '머슬코리아'든 〈피지컬 100〉이든 나가려고? 혹여 남극 대륙을 횡단하려고? 놉! 나의 운동에 목적이 있다면 그저 이 습관을 습관화하기 위함. 15년 동안 그리고 앞으로도 계속 습관화의 '과정'에 있는 무엇. 질리지 않느냐고 묻는다면, 질려도 그냥 계속한다고 말할 수밖에 없는 무엇이다.

나는 아침 운동으로 그 고작이자 전부인 기분을 이겨낸다. 기분에 휩싸여 휘저어질 수 있었던 하루를 온전히 내 것으로 만든다. 이것이 평범한 한 운동인이 작당하는 매일의 비법이다.

10 내가 해본 운동, 주짓수 편: 그저 자빠뜨리고 싶었을 뿐이에요

맞다. 그땐 또 도복에 심취해 있었다. 작은 키에 단단해 보이는 한 여성이 검은색 도복을 입고 본인보다 두 배는 더 큰 남성을 자빠뜨리는 장면에 나는 그냥 '뻑'이 갔다. 복싱처럼 글러브로 퍽퍽 때리는 소리도 없이, 고요함 속에 오가는 거친 숨소리. 두 명이 누워서 잡고 구르고 엎치락뒤치락 뒤집고 뒤집히기를 반복하다 한 명이 두 다리로 상대의 목을 탁 낚아채 조르는 순간, 바로 나오는 '탭'(기권을 의미하는 몸짓).

그 일련의 장면에 나는 홀려버렸다. 그렇다. 겨루기에는 영 소질 없던 내가 복싱에 이어 주짓수까지 도전한 이유는 이렇게 간단하고 명확했다.

기자의 좋고(?) 나쁜(!) 점은 나의 관심사를 취재 핑계(?)로라도 먼저 '찍먹' 해볼 수 있다는 점이다. 아무도 시키지 않았건만 요즘 핫한 운동이라는 미명 아래 본인에 의해 가열차게 추진된 '성영주 기자의 주짓수 도전기'는 그렇게 정식 아이템이 되었다. 그날로 나는 직장 근처 주짓수 도장을 찾아 무작정 들어간다.

첫 광경은 그야말로 장관이었다. 도복을 갖춰 입은 20~30명이 모두 '각양각색'의 자세로 '일관되게' 바닥에 누워 구르고 있었다. 성별 불문 만수산 드렁칡처럼 얽히고설켜 알 수 없는 몸짓을 계속하고 있었다. 서 있던 나의 시선은 자연히 쪼르르 그들이 누운 바닥으로 향했다. 동시에 훅 하고 끼쳐오는 그 냄새. 그렇다, 복싱장에서 숱하게 맡았던 바로 그 땀냄새가 맞았다. 이 상당히 낯설고도 대단히 익숙한 시후각적 장관에 나는 왠지 불쑥 의지가 샘솟아버렸다. '내가 해본 운동 주짓수 편'의 여정은 그렇게 시작됐다.

주짓수 역시 복싱 등의 여타 겨루기 운동과 마찬가지로 준비 운동만으로 체력을 조져버린다. 주짓수 준비 운동 동작 중에 우리 체육관에서 유명했던 마의 동작, 엉덩이로 체육관을 가로질러 걸어가는 동작이 있다. 바닥에 앉은 자세로 팔다리를 허공에 띄운 채 엉덩이 힘으로만 실룩실룩, 보기보다 상당히 빠른 속도로 앞으로 나아가야 한다. 오롯하고 완전하게 코어 힘만으로 움직여야 하는 동작. 상상이 잘 안 된다면 여러분이 정상이다. 나도 그런 동작은 어디서 구경해 본 적도, 꿈에서 상상해 본 적도 주짓수를 만나기 전까진 없었으니까.

준비 운동은 그러나 역시 준비일뿐. 서로 얽히고설켜 갖은 기술들을 시연하며 바닥에 굴러야 진짜가 시작된다. 관장님 주변으로 캠프파이어 하듯 둘러앉아 갖은 기술들에 대한 설명을 듣는다. 무슨 팀플 하는 학생들처럼 귀 쫑긋 세워 듣고는 (필기하는 열혈 학생도 있다) 혼자 허공에다 이래저래 연습을 해본다. 이제 바로 짝을 지어 서로 걸고 걸릴 차례.

결론부터 말하자면 나는 이 역시도 준비 운동만큼 잘하지 못했다. 만수산 드렁칡이 되자마자 넋이라도 있고 없었다는 이야기. 내가 엉덩이 실룩거리며 누구보다 빠르게 체육관을 가로지를 때 '쟤는 주짓수 고수구나!' 하고 나를 흥미롭게 봤던 단원들이 내가 기술 하나 못 걸거나 못 빠져나오는 바보임을 깨닫는 데에는 겨루기 1분을 채 넘기지 않았다.

"여자가 남자를 이길 수 있는 유일한 운동"이라는 수식어가 마음에 들면서도 왠지 께름칙하지만, 그 취지는 공감한다. 주짓수의 그라운드 기술은 힘만 가지고는 안 된다. 힘이 있다고 전적으로 유리하지도 않다. 주짓수 기술을 잘 터득해서 제대로만 건다면 나보다 두 배 덩치의 사람도 쓰러트릴 수 있다. 주짓수란 그만큼 기술과 그 기술을 적재적소에 쏠 수 있는 순발력의 싸움이다.

짧게 경험하는 동안 주짓수 기술을 샤샤삭 걸어서 상대를 스무~스하지만 강하게 쓰러뜨리고 싶다는 욕망이 실로 내 안에서 화산처럼 들끓었다. 주먹으로 직접 때리는 것보다는 뭔가 기술적인 기술로 원없이 원한을 갚을 수 있을 것만 같은 그런 느낌적인 느낌. 그러나 나는 누군가의 멱살을 잡고 잡힌 상태로 창의력을 발휘해 상대의 빈틈을 파고들며 기술을 거는 단계까지는 나아가지 못했다는 것이 진실.

실제로 주짓수 도장에서는 겨루기를 남녀 구분하지 않고 한다. 처음에는 어떻게 '외간(?) 남자랑 얼싸안고(?) 손발 가슴 엉덩이 등등을 마구 부비면서(?) 뒹굴지?' 하며 내 안의 유교 걸이 등장했지만, 딱 한 번만 잡아보면 알게 된다. (주짓수에서는 실제로 겨루기를 할 때 '잡는다'는 어휘를 쓴다.) 도복을 잡고 구르기 시작하면 이 섹…… 아니 이 사람이 남자건 여자건 사람이건 동물이건 상관없이 어떻게든 이 섹…… 아니 이 사람을 탭 치게 할 수 있을지만 순수하게(?) 고심하게 된다. 그 외 아무것도 안 보인다.

　비록 겨루기 기술을 터득하는 속도가 더뎠어도 꾸준히 했더라면 나는 지금쯤 숱한 상대를 자빠뜨리고 주짓수 유단자가 돼 있을지도 모르는데. 단지 더뎠을 뿐, 속도의 차이는 훈련으로 극복되고 만다는 당연한 진리를 그때의 나에게 다시금 속삭여주고 싶다.

　언젠가 다시…..? 근 7년이 지났지만 지금도 내 옷장 한편에는 곱게 갠 도복이 보관돼 있다. 지금 이 글을 쓰면서 괜히 한 번 입어도 봤다. 어떻게? 도복 입고 같이 얼싸안고 굴러보실 분?

11 운동의 효용이란 호수에 비친 달그림자 같은 것이 아니던가

누군가 "호수 위에 비친 달그림자"를 운운하며 전 국민의 뒤통수를 때리던 그날. 내 머릿속은 엉뚱한 공상으로 내달렸다. '그렇지, 운동의 효용이야말로 호수에 비친 달그림자 같은 게 아닐까?'라는 생각 말이다. (애초 발화자의 말을 곧이곧대로 들어주기가 힘들었다는 이야기.)

효용: 보람 있게 쓰거나 쓰임. 또는 그런 보람이나 쓸모.

보람 있게 쓰임, 보람이나 쓸모라…….

그래, 운동을 함으로써 몸에 지방이 좀 덜 쌓이게 근육을 길러 좀 더 건강한 삶을 지향하게 되었을 수 있다. 아침을 운동으로 열면서 하루를 좀 더 보람차게 시작했다고 생각한 나날들이 있었을 게다. 운동 일절 안 하는 또래의 누군가보다는 체력을 좀 더 길렀을 수 있고. 코어, 즉 배짱을 기르는 데 물리적으로 도움이 되었을 수도 있다(「배짱은 코어로부터」 꼭지 참고.)

팔 굽혀 펴기를 팔 굽힌 그 자리에서 20개는 거뜬히, 물구나무서기를 묻지도 따지지도 않고 할 수 있는 사람이 되었고. 느낌적 느낌으로는 어깨가 2mm가량 넓어진 것도 같다.

　그러다가도 다시 이게 다 무슨 소용인가 싶어질 때가 있다. 진실은 이렇다. 근육량을 비교해 보면, 평생 삶에 운동 따위는 그림자조차 들이지 않은 내 친언니가 15년 근력 운동을 했던 나보다 지금도 여전히 더 좋다. ('타고난' 그대 앞에만 서면 우리는 왜 작아지는가.) 아침 운동 하는 그 시간에 외국어 공부를 했더라면 지금쯤 3개 국어는 너끈히 했을지도 모른다. (착각은 자유니까.) 하물며 운동해서 길러진 체력이 아니었다면, 자연스레 술 같은 건 끊고 지금쯤 간~끗한(간이 깨끗한) 삶을 살고 있을지도 모르는 일이다. (상상은 능력이다.) 당최 팔 굽혀 펴기를 하는 팔뚝과 2mm가량 넓어진 어깨로 팔을 굽혔다 펴거나 어깨 2mm 더 넓어진 것 말고, 또 어떤 효용이 있겠느냐 말이다.

　의문은 숱하게 쳐들어온다. 50개째 스쿼트를 하며 숨을 헐떡거릴 때, '러너스 하이Runner's High'(달리기 애호가들이 장시간 달리면서 느끼는 쾌감)는 개뿔, 2km도 안 뛰었는데 목에서 피맛 날 때 이 짓을 대체 왜 하고 있는지 짜증 난 적이 없다면 단연코 거짓말이다. 아침에 더 자고 싶지 않았다면 15년 동안 거짓말한 거다.

　그럴 때마다 선택은 '그래도 한다' 쪽이었다. 효용을 만드는 데 성공했다고는 말할 수 없고, 다만 효용이 있든 말든 운동했다. 호수에 비친 달그림자를 좇는 게 허망한 일일지언정 부지런히 좇았다. 생각해 보면, 달그림자라는 것도 실제 달이 떠야 생기는 것 아니던가. 하늘에 조각구름 떠 있고 저마다 누려야 할 행복이란 게 있다면, 나는 운동이라는 달을 나만의 하늘에 주야장천 띄웠던 것이다. 그게 호숫가에 비친 달그림자일지언정 내 발로, 내 몸으로 죽어라 좇았으니 내게는 튼튼한 다리가 길러졌다. 그게 정신 승리에 불과할지언정 나는 정신 승리를 할 줄 아는 몸이 되었다.

　그러니 이제 우리 호수에 비친 달그림자를 비웃지 말자. (아, 여기서 최초의 발화자는 제외.) 운동이 실로 달그림자라 하더라도 허상인지 실제인지 굳이 구분해 효용을 따질 필요도 없다. 다른 몸 아니라 내 몸으로 부딪혀온 운동의 잔재는 곳곳에 고스란히 남았다고 믿는다. 타고난 근육량이 현저히 부족해도 15년 동안 그 차이를 조금은 극복했을 테고, 타고난 근수저 언니와

흑수저인 나의 근육량 차이는 좀 더 줄어들었을 거다. 팔 굽혀 펴기를 할 줄 아는 몸과 몰랐던 몸에 대한 만족도는 당연히 전자가 월등하고, 물구나무서기 좀 보여 달라고 조르는 친구들에게 괜히 묘기처럼 보여줄 수 있는 내가 그 순간만큼은 꽤 대견하다. 이 정도 합리화는 정신 건강에 좋다.

나는 오늘도 호수에 비친 달그림자를 열심히 좇는다. 네가 이기나 내가 이기나 해보다가 처참하게 져도 누차 덤빈다. 게다가 호수에 비친 달그림자란 얼마나 낭만적이고 아름다운 풍경인가.

더욱이 "아침 해가 떴습니다~"와 동시에 자리에서 일어나 운동하는 내 모습이란……! (자아도취 중이니까 훼방 금지!)

12　　마흔의 운동은 달라야 한다

몸이 내 몸 같지 않아 낯선 나이에 접어들었다. 30대의 몸이 한 해 한 해가 다르다면, 40대에 접어들면 하루하루가 다르다. (506070 또 그 이상 언니, 제가 아직 어려서 그러니 많은 양해 부탁드립니다.)

잡지사 기자 시절, 일본의 모델 (우리에게는 현 '아조씨' 구 추성훈의 아내로 먼저 알려진) 야노 시호를 인터뷰한 적이 있다. 누가 봐도 타고난 모델의 몸 그대로 40대를 맞이한 듯한 야노 시호는 운동에 대한 질문에 다소 불만스럽고 억울하다는 투로 이렇게 말했다.

"아휴, 40대 되면 운동을 전보다 더 많이 해야 해요. 안 그래도 힘든데, 갈수록 더 힘들게 해야 해!"

40대에 접어들면 운동도 예전처럼 '살살' 해서는 어림없다는 말이었다. 체력이 떨어지는 노화를 겪을수록 오히려 더 '빡세게' (그는 실제로 이 단어를 썼다.) 운동해야 한다는 의미였다. 당시 30대 초반이던 내게는 크게 와닿지 않았던 이 말이, 마흔이 넘어가자 불현듯 각인처럼 날아들었다. 매번 하던 트레이닝 30분 프로그램을 10분도 안 했는데 너무 힘에 부치던 어느 날.

나도 모르게 트레이닝 앱에서 자꾸만 덜 힘든 프로그램을 찾고 있던 그런 날. 야노 시호의 그 말이 무슨 주문처럼 날아와 온몸에 꽂혔다.

"40대 되면 운동을 전보다 더 많이 해야 해요!!"

그러니 40대가 되면 이런 신체적 흐름을 배반해야 한다. 힘에 부칠수록 더 열심히 더 빡세게 몰아붙여야 비로소 예전과 비슷하게나마 유지할 수 있다는 말. 그러니까 당연한 것을 거슬러야 당연함을 유지할 수 있다는 이 무섭도록 당연한 진리를 얻어맞은 듯 깨달은 것이다.

매일같이 덜 힘든 운동 프로그램을 선택하고 싶은 내 손가락을 거슬러야 한다. 그보다 먼저 이 따위 운동 때려치우고 싶은 온몸을 거슬러야 한다. 그보다 더 전에 매일 아침 이불 밖으로 나오기 싫은 몸뚱이부터 일으켜야 한다. 우리는 점점 더 이토록 자연스러움을 거슬러야 비로소 자연스러워진다.

이불 밖으로 나오기를 한 번, 운동하기로 마음먹기

를 또 한 번, 거기서 한 걸음 더 좀 덜 힘들게 대충 걷다 끝내 버리고 싶은 마음과 일분일초 싸우기를 다시 한 번. 이렇게나 고단한 삼중고를 거슬러야 비로소 40대의 아침 운동이라는 세계를 만난다. 마흔의 운동은 이렇게나 고되다, 여러분.

나는 매일 싸우고 어떤 날은 지고, 그보다 아주 조금 더 많이 이긴다. 지고 이기는 경험을 자꾸만 쌓다 보니 지는 것보다 이기는 게 당연히 더 좋다는 걸 경험치로 알게 된다. 운동 후의 티끌 같은 성취감이 저만치 쌓여 태산 만들기에 기여한다. 하루하루의 성취는 운동 전의 하기 싫음과 싸우는 파이터의 맷집으로 진화한다. 물론 맷집이 있다고 늘 이길 수 없다. 맷집이 좋다는 건 그만큼 자주 얻어맞았다는 방증이기도 하니까. 뭐 인간사 다반사가 그렇지 아니한가?!

나는 15년을 지고 이기다가 지금까지 늘 지고 이기다가 앞으로도 지고 이기기를 반복하는 쳇바퀴 속에 살 것이다. 마흔의 쳇바퀴는 녹이 많이 슬어 굴리기가 점점 힘든데, 앞으로는 아마 계속해서 더 힘들어질 거라는 사실도 점점 더 명확히 알아가고 있다.

하루하루 각오해 본다. 녹스는 속도를 좀 줄여보겠다고, 녹슬어도 굴릴 수 있는 근력을 좀더 길러보겠다고, 오늘도 아등바등, 바득바득.

13 내가 해본 운동, 요가 편:
마음의 평화는 개뿔, 이건 전쟁이야

내가 가장 오랫동안 꾸준히 해온 운동이라면 모닝 헬스만큼이나 요가다. 대학 졸업 후 언론 고시생으로 기자 준비를 하던 백수 시절. 몸과 마음 모두 황폐하기 그지없던 그때. 돈도 없고 일자리도 없고 부끄러움만 많던 그때. 나는 왜인지 뭐에 홀린 듯 요가원 3개월 치를 끊었다. (없는) 돈으로 마음의 평화라도 사겠어, 뭐 그런 의미였을까.

뻣뻣하기로는 둘째가라면 서러웠던 내가 요가를 시작할 때를 돌아보면, 그때만큼 내 몸뚱어리가 부끄러운 적이 없다. 뒤뚱뒤뚱 비틀대고 넘어지고. 춤도 아닌 것이, 취권 비슷은 한데, 대충 어느 길가에 술 취한 아저씨에 가까운. 내내 신음소리와 땀만 뻘뻘 흘리던 오합지졸 그 자체. 두 다리 일자로 펴고 앉아 무릎과 가슴을 닿게 하라는데, 당최 그 멀고 먼 두 신체 부위가 어떻게 가까워질 수 있다는 거지? 선생님을 향해 눈만 부라리던 그때. 50분을 짜증과 당황과 헛웃음과 비웃음으로 나의 비루한 신체를 몸소 확인하던 나날들.

그렇게 주 3회, 비루한 나를 견뎌가며 한 달여를 다녔다. 나는 나도 모르게 서서히 달라지고 있었다. 전사 자세(양팔과 양다리를 펼쳐 한쪽 무릎을 굽힌 자세로 버티기)를 하는데, 3초도 안 지나 비틀대던 내가 선생님이 나를 앞뒤로 치고 지나가도 10초, 20초, 30초는 거뜬히 버틸 만큼 단단해졌다. 벽에 대고 물구나무서기를 처음 시도하는데 같이 수업을 듣던 이들이 쩔쩔맬 때, 나는 발을 가볍게 차올려 한 번에 턱 하고 물구나무서기를 해내게 된 것이다.

두 달째, 비둘기 자세(쭈그려 앉은 자세에서 두 손을 바닥에 짚고, 두 팔에 양 무릎을 기댄 채 두 손만으로 온몸을 지탱하는 자세)와 개구리 자세(쭈그려 앉아 골반을 양쪽으로 180도 벌리고 앉아 기도하는 자세)를 얼추 해내고, 하이 플랭크부터 물고기-업독-다운독 자세까지 빈야사 동작을 부드럽게 연결해 플로우라는 걸 탈 줄 알게 됐다. 그리고 마침내 무릎과 가슴이 입맞춤(?)하는 지경에까지 이르렀으니, 요가의 참교육인 근력과 유연성이 일취월장 내 몸에서 똬리를 틀게 된 것이다.

그로부터 6개월, 1년이 지나고 숱한 요가 동작들을 계속해서 해낼 수 있게 되면서 나는 요가의 목표가 어떤 한 동작을 해내는 것에 있지 않다는 것을 깨달았다. 요가에서는 그걸 굳이 성공이라고 일컫지 않았다. 물구나무서기에 처음으로 성공해 성취감에 젖었던 날. 며칠 뒤 다시 도전한 물구나무서기는 턱도 없이 실패였다. 또 다음 날은 성공했고, 다른 날은 실패하고를 반복했다. 물 흐르듯 진행되던 빈야사 동작이 어떤 날은 온 관절에서 우두둑 우두둑 소리를 내며 뚝닥거렸다. 거뜬히 해내던 전사 자세가 비틀비틀 중심을 못 잡았다. 그러다 며칠 뒤 언제 그랬냐는 듯 몸이 가뿐해지며 와라락 해냈다.

성취가 곧 성공이 아니었다면, 실패도 실패에서만 머무르지 않았다. 목적 없는 요가의 목적이란, 성공의 여부보다 그 과정을 견디고 버티고 나아가는 것에 있었다.

마치 늦깎이 취준생인 나의 삶처럼 느껴졌다. 실은 우리 대부분의 하루처럼. 굳어서 뻣뻣하던 몸이 요가를 통해 늘어나고 유연해진다. 도달했다 생각했던 그 상태는 그러나 내내 같지 않다. 매일매일이 변화하는 상태를 시시각각 직시하고, 받아들이고, 다시 나아가야 했다. 익숙한 곳으로 돌아오려는 몸의 관성을 계속

해서 거슬러야 한다. 조금 늘어난 근육으로 더 버티고 견뎌서 더 나아가는 유연성을 얻는 거다. 근력과 유연성이라는 정/반을 합일하는 과정.

요가가 마음의 평화를 가져온다고 누가 그랬나? 평화는 개뿔, 평화를 찾아 죽어라 싸우는 전장 그 자체가 요가다. 근력과 유연성을 겸비하기가 대체 얼마나 어려운가? 요가를 수련(修練)이라 할 때에야 비로소 나는 동의한다. 반복하여 닦고 익히는 것. 치열하게 싸우고 덜덜덜덜 흔들리면서 잡히지 않는 중심을 찾아간다. 이루지 못할 평화를 향해 이 싸움을 견딘다.

당연히 쉬운 건 하나도 없다. 근육은 잠시 쉬어도 금세 사라지지는 않지만, 유연성은 잠시 안 하면 고스란히 뻣뻣해진다. 쉬었던 그만큼 더 닦고 익혀야 원래 상태로 가까스로 돌아간다. 유연함이란 실로 고얀 것이 틀림없다.

요가를 수행하는 것. 종교와 상관없이 템플 스테이를 가는 누구나의 마음과 같다. 마음과 몸의 연결, 가장 힘든 자리에서 한 걸음 더 힘든 곳으로 나아가는 힘. 그 힘은 유연함에서 얻어진다. 맞부딪혀 떨어져 나가고, 휘어지지 못해 부러져봤던 모든 이에게 요가를 권한다. 수련을 추천한다.

나는 여전히 요가를 병행한다. 밀어붙이는 힘과 휘어지는 유연성을 나는 여전히 삶에서 꿈꾼다. 조금씩은 다가가고 있다고 믿으면서.

14 바보야, 문제는 회복이야

저속 노화라는 말이 모두의 추구미가 된 요즘. 저속 노화 식단과 함께 빠지지 않고 오르내리는 것이 바로 운동이다. 천천히 늙기, 그러니까 '잘' 늙기 위해서는 건강해야 하고, 건강을 위해서는 반드시 운동을 해야 한다는 말. 그런데 따지고 보면 운동은 단시간으로 보면 고속 노화에 딱 좋은(?) 활동이다. 강도 높은 운동을 하게 되면 몸 안에서 노화에 관여하는 활성 산소가 무지막지하게 만들어지기 때문. 그렇다면 도대체 왜! 어떻게! 운동이 건강에 좋다고 말할 수 있다는 말인가.

바로 이렇게 잔뜩 무리한 몸이 스스로 '회복'하는 과정에서 비로소 건강해지는 것이다. 활성 산소를 빠르게 발생시키고 휘발시키는 활동을 반복함으로써 나쁜 활성 산소가 생길 때마다 "어라? 너? 나쁜 활성 산소? 꺼져!"라고 명령할 줄 아는 몸. 그것을 몸이 빠르게 수행할 수 있도록 기르는 과정이다. 운동은 이렇게나 다면적인 활동이다.

그리하여 당연히 운동만큼 중요한 것이 회복이다. 나이가 들수록 회복의 중요성에 대해 생각한다. 신체의 기능이 정점을 찍는 젊을 때야 무리 좀 했다 해도 금세 회복되지만, 노화에 들어서면 회복할 시간을 부러 만들 필요가 있다. 운동 전에 준비 운동으로 워밍업을 하듯, 무리한 이후라면 쿨다운 시간을 가져야 한다. 그냥 누워서 쉬라는 것이 아니다. 심장이 뛸 만큼의 동적인 활동 후에는 정적인 스트레칭으로 몸이 회복할 시간을 줘야 한다. 회복은 내 몸에 내가 주는 피드백이다.

강도 높은 근력 운동이나 장거리 달리기를 하고 난 후 바로 눕거나 앉지 말고 스트레칭을 하라고 모든 운동 전문가가 마르고 닳도록 얘기하는 이유다. 내 몸 어디가 오늘 특히 무리를 했고 불편한지, 거친 숨을 헐떡일 때 느끼지 못한 몸의 변화를 찬찬히 살피는 것이다. 내가 내 몸의 피드백이 되어주는 시간. 그게 바로 운동만큼이나 중요한 회복의 시간이다.

4년 전, 기자로 일하다 다른 직종으로 적을 옮기고 나서 인생 처음으로 번아웃이 왔었다. 주변을 살필 여유도 없이 일에 매달렸다. 회사 이름값이 당최 뭐라고 걸맞은 인정을 받고 싶어서 마구 달렸다. 그 글로벌 회사라는 곳은 글로벌답게도(?) 출퇴근이 불분명했고,

거의 24시간 돌아갔다. 내가 잘 시간에 미국에서는 뭔가 날아왔다. 하룻밤 사이에도 몇 명의 참조가 걸렸는지 가늠 안 되는 메인 체인이 줄줄이 이어졌다.

번아웃이 온다는 것은 내가 나를 밀어붙이고 밀어붙이다 막다른 길에 몰려 내지르는 비명 같은 거다. 주변은커녕 나 자신조차 돌볼 시간 없이 온통 일에 휘둘려 결국 내가 나를 놓아버릴 지경에까지 이르는 것. 그땐 그랬다.

디지털 콘텐츠를 기획·제작하고 컨펌하는 일이라 내가 자는 밤에도 온라인은 '온앤온on&on', 나갈 것은 나가야 했다. 24시간 스마트폰 알림 소리가 나를 불면으로 몰아갔다. 놓치기로 작정하면 그뿐인 것을, 하나도 안 놓치려고 스스로 불면을 이어갔다.

그렇게 1년여가 넘어갈 때쯤, 몸도 마음도 버텨낼 재간이 없었다. 가정의학과를 찾았다가 당장 일을 줄이지 않으면 큰일 난다는 의사의 엄포를 들었다.

"이보세요 환자분, 번아웃이 온 거예요. 지금 환자분이 겪는 그게 번아웃이에요."

몸과 마음 모두 탈탈탈, 바닥까지 힘을 써서 남아 있는 게 없었다.

그제야 반강제로 돌아보게 됐다. 내가 결단하지 않는 이상 일의 방식은 바뀌지 않았다. 그대로 방치하면 연봉이고 명예는커녕 그보다 큰 병만 얻는 거였다. 나는 일 안에 있었다고 생각했는데 일과 나는 각자였고, 내 곁에 일은커녕 나조차도 없었구나 깨달았다. 내가 나를 발에 채는 돌처럼 굴렸구나, 현타의 순간이 왔다.

그게 바로 번아웃, 회복 없는 밀어붙임의 결과였다. 내가 어떤 것을 어려워하는지, 뭘 의미 있어 하고 재미있어하는지, 중간중간 스스로 되묻지 않으면 결과의 성공 여부에 따라 내 삶이 송두리째 휘둘린다는 걸 이때 알았다. 이뤄낸 것은 손에 잡히지 않고, 건강은 다 잃은 채 시간만 훌쩍 가 있었다. 그것도 고속으로.

당시 회사와 바이바이 하고 3개월을 내리 쉬었다. 월급 걱정만 하다가는 병원비가 더 들 거라고 스스로 타협했다. 쉬는 동안 그간의 일상에서 많은 것을 덜어냈다. 매분 매초 시달리던 업무 카톡에서, 아침 기상

때 업무 걱정에 찡그리던 미간에서, 쉼 없이 이어지던 릴레이 미팅에서, 사람들의 기대와 실망 사이 줄타기에서, 무엇보다 내가 나를 함부로 대하는 것에서 조금씩 벗어났다. 일주일이 어떻게 지나갔는지도 모르다가 하루하루를 길고 지루하게 썼다. 그렇게 나를 달래고, 늘려주고, 누그러뜨렸다. 그렇게 나는 회복이란 것을 했다.

일만 밀어붙이면 번아웃이 오는 것처럼 회복 없이 운동만 몰아붙이면 거대한 근육 덩어리가 된다. 매일의 운동 이후 나는 짧게라도 반드시 스트레칭을 한다. 아기 자세로 매트 위에 엎드려 가빠진 숨을 서서히 달랜다. 팔을 위로 쭉 뻗어 지친 어깨를 풀어준다. 깊은 런지 자세로 한 다리씩 쭉쭉 늘려주고, 누워서 다리로 숫자 4 모양을 만들어 당기며 골반을 스트레칭 해준다. 양팔 벌리고 누워 한쪽 무릎을 굽힌 채 양쪽으로 허리를 비틀어 긴장한 코어를 누그러뜨린다.

달래고, 늘려주고, 누그러뜨리기. 회복의 핵심이다.

단시간 나를 과도하게 썼다면 천천히 달래줘야 한

다. 업무와 업무 사이, 운동과 일상 사이, 내가 나에게 주는 회복의 시간을 가져야 한다. 내가 나를 돌보는 것은 무작정 나를 아껴주라는 전언이 아니라, 내가 나에게 주는 실질적 피드백이다. 몸이 말하는 것을 귀 기울여 들으라는 신호다. 일순간 비명을 질러버리기 전에, 가만가만 읊조리며 뱉어내라는 말이다.

나는 나에게 살살 읊조린다. 몸이 말하는 바에 귀를 기울인다. 서서히 회복한다. 그리고 다시 시작한다.

15

'운동군자'처럼 말했지만
질투쟁이가 맞아요

운동하고 질투가 많아졌다. 정확하게는 누가 운동한다고 하면 불쑥불쑥 생겨나는 못나고 못된 마음이다. 뭐 얼마나 잘하는지 보자는 심보와 저 정도면 별것 아니라는 코웃음, 내가 다 해봤다는 꼰대력에 내가 더 잘한다는 착각까지, 못나고 못된 마음이 수시로 생겨난다.

〈무쇠소녀단〉이라는 예능 프로그램을 보는데, 친구가 "너무 멋있다!"며 물개박수를 친다. 나는 괜히 부아가 치밀었다. '저거 완전 내 얘기이고, 내가 다 해본 거고, 난 더 잘할 수도 있거든? 홍!' 질투와 깔보는 마음이 동시에 샘솟았다. 나도 따라 당장 뛰쳐나가 운동하고 싶다는 마음. 아니, 이제 운동 따위 다 때려치우고 싶은 마음 두 개가 수시로 오간다. 다시 말하지만, 운동이 이렇게나 다층적인 활동이다.

오해할까 봐 굳이 설명하자면, 나는 평소 질투라는 감정이 거의 없다. 누가 공부를 잘한다고, 누가 승진을 했거나 연봉이 높다고 해도 당최 질투라는 게 잘 생겨나지 않는다. 이게 뭐 자포자기라면 자포자기이고, 그냥 타고나기를 지구인 중에 뭐 그렇게 대단히 지구 밖으로 훌륭할 거라고는 기대하지 않아서이다. 두 팔 벌린 너비 정도만큼에서 고만고만한 수준, 나는 그 중간 이하쯤에 위치하고 있겠지, 자기 객관화가 꽤 잘되는 케이스랄까.

그런 내가 오직 운동에 관해서만큼은 질투쟁이가 되어버리는 사연. 몸 쓰는 건 당최 포기가 안 돼서 그렇다. 내가 그렇게 힘들게 15년을 운동해도 아무도 몰라주는 것 같은데. (그래서 부득부득 이렇게 글로도 쓰는데!) 나는 내 돈 써가며 시간 쪼개가며 내 체력과 인내의 한계를 늘 맞닥뜨리고 좌절하는데 너는 왜 운동하면서 심지어 돈도 벌고, 체력과 인내도 되게 쉽게 다 가진 것 같은 데다, 박수와 응원까지 받느냐고. 이런 못나고 못된 질투가 가끔 치밀어 오르는 거다.

솔직히 저 예쁜 운동복을 색깔별로, 브랜드별로, 신상별로 다 가져보고도 싶다. 복싱 초보로서 첫 스파링을 하는데 무려 국가대표 선수가 일대일로 붙어준다고? 나도 진짜 단 한 번, 단 1시간, 아니 1라운드만이라도 배워보고 싶은 마음. 그러면 내가 언감생심 복싱을 그만뒀겠느냐고? '내가 마 느그 관장이랑! 프로 선수든 뭐든 마 다 했지 마!' (뭐든 누구 '탓'으로 돌리면 나의 정신 건강에는 매우 유리하다.) 한 달, 아니 일주일 만이라도 누가 이렇게 딱 붙어서 하드 트레이닝 해주면 나는 한 차원 다른 운동인이 돼 있을 거……라는 착각이 자꾸 생겨나는 것이다. 나도 태국 머슬 스트리트라는 데에 가서 휘황찬란한 단백질 메뉴 원없이 보충해 보고 싶고, 해변에서 다 같이 낭만 트레이닝 받아 보고 싶다……는 아주 일차원적인 질투가 1초마다 한 번씩 들어버리는 것이다.

이러니 15년 운동을 했다는 사람이 얼마나 하찮은가. 그렇게 좋다는 운동, 남들도 한다고 하면 반가운 일인 것을. 남들이 방송 좀 타면서 운동 잘한다고 응원도 받고, 돈도 버는 게 뭐 그리 또 못마땅해할 일인가. 갓 운동을 시작했다는 친구에게 말로는 "그래, 잘했다, 꾸준히 하는 게 중요하다."라고 짐짓 선배인 양 말하면서도 속으로는 '얼마나 하나 보자, 나는 자그마치 15년인데?' 하며 꼰대력 시전하던 이 못난 마음을 여기서나마 털어놔 본다.

운동하는 사람들이 많이 생겨난다는 것은 동족의 발견이 맞다. "운동의 세계로 들어오세요!" 하며 두 팔

벌려 환영할 만한 일이 맞다. 그렇다. 완전 맞다. 반갑다. 단지 작은 바람이 있을 뿐.

　그러니까 이 모든 것의 원천은…… 따지고 보니 나는…… 무쇠소녀단이 되고 싶은 거였다. 제작진 여러분, 보시면 연락 좀 주세요. 010-OXOX-XOXO.

15

아프면 쉬어야지,
그렇지, 맞는데……

지금도 일주일에 한 번씩 복싱 운동을 한다. 그날도 그런 복싱 데이. 바야흐로 전직 대통령의 탄핵 심판을 기다리며 피가 마르던 날. 아침 운동과 늘 함께였던 라디오 시사 방송을 들으며 레프트, 라이트 잽잽을 날리고 있던 것으로 기억한다. 다만 다른 점은 그날의 뉴스 때문에 잽을 날리는 데에 온 힘을 넘어 온 화를 쏟아내고 있었다는 것. 그 순간! 레프트 잽을 어찌나 세게 날렸는지 나의 레프트 어깨까지 쑤욱 따라 빠져버리는 게 아닌가!

운동복 위로 어깨죽지가 앞으로 쑥 나오는 게 보일 정도로 다이내믹하게(?) 팔이 빠지던 그 순간, 동시에 찾아온 것은 온몸의 털이 곤두설 만큼의 극심한 고통이었다. "서울 모처에서 어깨가 빠진 채 쓰러져 있는 40대 여성의 변사체를 발견했습니다." 따위의 문장이 귓가에 맴돌면서 이렇게 죽는 거구나, 섣불리 예상이 가능한 수준. '오바 쌈바' 아니고 진짜로 아팠다.

마치 억겁 같던 몇 초가 지나지 않아 어찌어찌 밀어 넣은 어깨는 다행히 제자리를 찾아 들어갔고, 나는 변사체로 죽지 않고 살아 이 글을 쓰고 있지만 그 고통만큼은 생생하다. 액션 영화에서처럼 눈 하나 깜짝 안 하고 어깨를 탁탁 맞추는 장면은 말 그대로 영화이고, 잽 날리다 난생처음 어깨까지 날려버린 40대 독거 여성이 그대로 주저앉아 죽음을 생각하다 눈물 찔끔했다는 이야기가 현실이다.

이대로 혼자 어깨가 빠진 채 돌아오지 않았다면 어땠을까. 바로 검색을 해봤다. 역시 내가 느낀 고통이 맞았구나, 쏟아지는 경험담이 말하고 있었다. 거두절미 엄청나게 아프다는 이야기, 한 번 빠지면 계속 빠질 수 있다는 협박(?)들. 극심한 고통이 사라진 자리에는 욱신욱신 잔여 통증과 좌우로 몸을 반 가른다고 했을 때 왼쪽 전체가 마비된 사람처럼 작은 움직임도 꺼려질 만큼의 극심한 두려움이 남았다. 식은땀인지 땀인지 모를 만큼 흠뻑 젖은 가운데 지금이라도 119를 불러야 하는 거 아닌가 하는 오락가락의 심정으로 망연자실, 몇 분을 앉아 있었을까.

운동을 오래 하다 보니 필연적으로 크고 작은 부상을 많이 겪었다. 대학생 때 운동 동아리에서 활동하면서 거의 국대급의 훈련을 받았던 기억. 첫 훈련 이후 제

멋대로 후들거리던 팔다리, 마치 바지에 실례한 사람처럼 허리를 펴지도 굽히지도 못한 채 구부정하게 걸어 다니던 기억. 뜀박질하다 갑자기 목디스크가 터져 혼자 씻지도 못하게 됐을 때, 혈육이 머리를 감겨주는데 그다지 살갑지 않던 자매의 갑작스럽고 뜨거운 정을 느끼며 왈칵하던 기억. 요가 좀 했다고 과신한 나머지 여보란 듯 다리를 찢다 뚝 하고 끊어져 버린 햄스트링의 기억 등등. 병원에 입원할 정도는 아니더라도 일주일에서 최대 몇 달까지는 운동을 조심해야 했던 나날들이 내 운동 이력 곳곳에 있었다.

부상을 겪다 보면 물리적 고통보다 더 힘든 게 있다. 매일 하던 운동을 멈춰야 한다는 것. 적어도 조심해야 한다는 것. 부상의 고통은 그때 잠시 지나가지만 잔상은 남아 전처럼 똑같이 움직일 수 없게 된다. 멀쩡히 돌아다닐 수는 있어도 멀쩡하게 운동할 수는 없는 시간들이 바로 부상의 어려움이다. (예, 아플 때마다 괜히 더 격하게 운동하고 싶어지는 게 저라는 청개구리입니다.)

사람 몸은 희한하게도 매일 무리 없이 해내던 동작도 그날의 날씨, 컨디션, 자세, 박자, 하물며 뉴스 내용

등등에 따라 갑작스러운 부상으로 이어지기도 하는 것이다.

　어깨가 빠진 그날. 고통이 지나간 자리를 어루만지며 나는 일단 좀 걸어봤다. 온몸이 찌릿할 정도의 고통이었기에 신체 기능 하나하나 체크에 들어갔다. 그래, 걷는 데는 일단 이상이 없었다. 오른쪽 팔을 조금씩 움직여보았다. 당장 잽을 날리기까지는 안 되겠지만 오른팔 움직임에도 역시 문제없다. 자, 이제 부상의 당사자인 왼팔. 어깨는 언감생심, 팔꿈치 아래로만 천천히 접었다 폈다 해보니 어라? 이것도 꽤 괜찮다. 방금까지 '40대 독거녀 변사체'를 떠올린 사람치고는 꽤 멀쩡한 몸 상태에 1차 안도했다.

　이다음, 나는 나를 아는 지인들이 고개를 절레절레할 만한 선택을 하게 되는데……. 먼저 선택의 근원으로 돌아가보자. 대학생 때 몸담았던 운동 동아리의 실체는 응원단이었다. 20여 년 전의 대학 동아리란 군대 또는 태릉선수촌과 닮아 있었다. 상명하복의 기강, 핑계란 안 통했다. 아프면 아픈 대로, 아프면 더한 훈련을 통해 극복한다는 무식함이 난무하던 시절. 나는 그

야만을 온몸으로 통과했고, 20년도 더 지난 독거 운동인에게는 그 야만의 기억이 남아 있었다. 당시 선배들은 우리를 잠시라도 쉬게 하지 않았다. 다리를 다쳐 온 후배에게는 팔이라도 훈련하라고, 팔을 다친 후배에게는 스텝만이라도 뛰라는 명령을 '맑눈광'으로 내리던 종류의 사람들이었고, 그 선배 중의 한 명이 바로 나였다.

30분짜리 복싱 프로그램은 어깨 빠짐 이후 15분 정도가 남아 있는 상태. 불과 5분 전에 어깨가 빠졌던 40대 독거 운동인의 뇌 구조는 이렇게 흘러갔다. 잽을 날릴 순 없지만 두 다리는 멀쩡하지 않은가! 오른팔도 하등 문제가 없는데! 왼쪽 어깨 탈출로 일시 정지했던 프로그램은 그렇게 10여 분 후 맑눈광의 결정에 의해 다시 재생되었다. 레프트 잽만 제외하고, 두 다리와 오른쪽 팔과 어깨는 프로그램의 명령에 따라 운동을 재개했다. 15년 다수 잔부상 경력자, 2000년대 야만의 응원단 경험자는 이렇게 어깨 빠짐의 그날을 다른 신체 기관에 대한 잔여 운동으로 마무리한다.

한 달여가 지난 지금, 나는 다시 복싱 운동을 재개

했다. 레프트 잽도 날린다. 대신 나를 매우 화나게 했던 전직 대통령은 감옥에 있고, 나는 그때처럼 뉴스 때문에 혈압 오를 일도, 잽과 함께 어깨까지 날릴 정도로 화가 날 일도 크게 없다. 나의 아침 운동도 삶도 대체로 평온해졌다. 레프트 라이트 잽잽. 레프트 숄더는 오늘도 완전 안전.

17 　 고것 참 요물인 달리기

달리기를 시작했다. 그동안 변치 않는 루틴은 모닝 헬스였고, 달리기는 잠깐 내킬 때, 누가 뛴다니까 그럼 같이 뛰어볼까, 살살 따라 뛰는 정도. 가끔의 이벤트 같은 거였다. 그러다 어느새 나의 밤 루틴이 넷플릭스 보면서 제자리걸음을 2~3km 걸은 지 몇 년째가 되었다는 사실을 새삼 깨달았다.

'어라? 이럴 거면 밖에 나가서 좀 뛰고 올까?'

폭염의 끝자락, 바람이 문득 선선해진 어느 날이었다. 옷장 속에 처박혀 있던 러닝 쇼츠 꺼내 입고, 최소 5년은 넘은 듯한 러닝화 주워 신고 밖으로 나가봤다. 실로 오랜만에 나이키 러닝 앱을 켜고 바람 맞으며 달렸다. 1km를 달렸다는 알림이 울리는데, 문득 현실 웃음이 새어 나오면서 기분이 그렇게 좋을 수가 없는 거다. 그날 서울 모처에서 미친 사람처럼 비실비실 웃으면서 달리던 사람? 예, 접니다.

숨차고 힘들긴 한데, 이상하게 신이 났다. 초반 1km를 달리자 금방이라도 넘어갈 듯한 헐떡임이 조금씩 익숙해지면서 1km를 더 달렸다. 2km가 넘어가자,

그만할까 계속 갈까 갈등을 하다 보니 또 3km가 됐다. '이제 진짜 멈출까…… 에이, 집이 거의 코앞이니까 집까지만 가자.' 하고 달리다 보니 어느새 3.8km. 마지막 100m쯤은 전력으로 달렸다. 숨이 턱끝까지 차다 못해 흘러넘쳤고, 이러다 숨과 작별하겠다 싶은 순간에 멈춰 서서 있는 힘껏 숨을 뱉어냈다.

내가 얼마 만에 이렇게까지 헐떡거려 봤던가. 언제 이렇게 심장이 대포처럼 뛰었던가. 바람 선선하던 그날, 나는 폭염에도 안 흘려봤던 땀을 온몸에 칠갑한 채 시뻘겋게 상기된 얼굴로 마음이 제일 달아올랐다. 곧장 욕실로 가 땀에 젖은 운동복을 벗어냈다. 거의 산불 진화하듯 찬물 샤워를 했다. 땀을 씻어내고 뽀송해져 나왔는데 이 기분이라니, 말로는 다 못할 이 상쾌함이라니! 러닝 후 샤워의 맛은 진짜 끝장나게 달콤했다. 단언컨대 그 어떤 운동보다도 러닝 후의 개운함은 압도적이었다.

처음에는 자세가 안 좋았던지 조금만 뛰어도 아프던 무릎이 말썽이었다. 당장에 러닝 유튜브로 전문가의 가르침을 찾아보고, 탐나던 쿠션 짱짱한 러닝화도

질러버렸다. 가르침대로 조금씩 자세를 바로잡으며 달린 지 2주 정도 지났을까. 내가 변화를 눈치채기도 전에 아프던 무릎이 돌연 괜찮았다. 러닝이 무릎을 혹사시킨다는 세간의 우려는 낭설에 불과했음을 알게 됐다. 나는 다행히 하체 근력이 꽤나 잘 잡혀 있었고 욕심 부리지 않고 자세를 잘 잡으니 금세 무릎에 하중이 덜 갔다.

보폭 줄이고, 배 집어넣고, 코어에 힘주고, 허벅지와 둔근을 이용해 달리니 무릎이 더는 아프지 않았다. 이건 내가 달리면서 스스로 계속 되뇌는 자세 교정법이다. 힘들어 흐트러질 때마다 하는 채찍질이다. 이렇게 점점 자세가 간결해진다. 팔놀림과 발놀림이 가벼워진다. 더 길게 뛸 수 있게 된다. 체력이 향상한다. 그렇게 서서히 러너가 된다.

생각해 보면 인류는 모두 러너다. 아무리 운동 제로의 인간이라도 걸어봤고, 걸어봤으면 달려봤을 것이다. 거기서 얼마나 더 길게 오래 꾸준히 뛰느냐에 달려 있다. 나는 이후로 3~4km, 내키면 5km 정도씩 일주일에 서너 번을 달리고 있다. 그저 같은 코스를 계속 뛰는

데 지금까지 반년 동안 이상하게도 지루하지 않았다. 몸이 너무 무거운 날은 그런대로 무거움과 싸우며 비슷한 거리를 달렸고, 문득 가벼운 날은 신이 나서 더 달렸다. 앞으로도 그렇게 달릴 것이다.

애초 목표를 두고 운동하지 않았으니, 러닝도 거리든 기록이든 욕심내지 않았다. 즐겁게 뛸 수 있는 한도 내에서, 다만 열심히 운동한 티를 내면서 달린다. 기록은 자연스레 단축됐다. 숨쉬기는 점점 수월해진다. 처음에는 1km당 7분 안팎도 숨 넘어가더니, 이제는 6분 안팎도 안정적으로 달리게 됐다. 어디 특별히 아픈 데 없이 좀 더 가볍고 단단하게 달린다. 여전히 러닝 후에 하는 샤워만큼 달콤한 샤워는 없다. 나는 계속 이렇게 잘 달리고 싶다.

같은 운동을 꾸준히 하는 것도 좋지만, 좀 질린다 싶을 때마다 다른 운동을 곁들여보라. 요즘의 루틴은 이렇게 바뀌었다. 모닝 헬스 근력 운동을 30분 하고, 그간 타던 실내 사이클 말고 나가서 20분이라도 달린다. 안 되면 러닝머신 위에서라도 달리고, 주말에는 무조건 나가서 콧바람 쐬며 달린다. 돌아와 땀범벅인 몸을 씻어내는 순간과 순간들이 쌓인다. 모닝 헬스 15년 간의 성취감을 합한 것과 비슷한 크기의 개운함으로 러닝이 늘 새롭고, 짜릿하다.

달리면서 어쩐지 눈이 0.2 정도는 밝아진 것만 같다. 러닝한 이후로 괜히 피부에 핏기가 좀 도는 것 같다. 남들이 걷는 거리를 휙휙 지나치며 달리는 그 기분은 왠지 나를 매번 조금씩 다른 사람으로 만들어주는 것 같다.

뛰는 사람. 내 두 발로 견고한 땅을 디디며 조금씩 빠르게 달리는 사람. 내가 나에게 동력을 부여하고 그 힘 받아 또 나아가는 기분. 러너라는 그 기분. 나는 실제로 '맑은' 눈의 광인이 되어 곱씹는다. 달리기, 고것 참 요물이다.

18 　 ‘열심히’란 무엇인가

프리랜서로 일하다 늦깎이 재취업을 하게 됐다. 내게 그곳의 가장 큰 메리트는 사내 체육관이 있다는 점! 사원증이 나오자마자 제일 먼저 체육관 사용 가능 여부를 확인했다. 그 후로 내 아침은 비로소 같아졌다. 새벽의 어둠을 뚫고 출근 2시간 전에 회사에 도착, 곧바로 체육관으로 직진하기. 지난 15년간 그곳이 집이든 여행지이든 헬스장 1, 2, 3이든 늘 해왔던 것처럼 워밍업-근력 운동-러닝-스트레칭까지 내 모닝 헬스 루틴에 집중했다. 한 달쯤 됐을까. 비운동인 동료로부터 이런 말을 듣게 된다.

"아침마다 운동 진짜 열심히 하신다면서요? 전해 들었어요."

'열심히'란 무엇인가? 제일 처음 든 생각이다. 일을 열심히 한다도 아니고, 밥을 열심히 챙겨 먹는다도 아니고, 운동을 열심히 한다? 일을 잘한다고 칭찬받으면 좋고, 밥도 잘 먹으면 좋은 쪽일 텐데. 생판 모르는 남에게서 들은 첫 말이 운동을 '잘'한다도 아니고 '열심히' 한다라니? 나에 대한 정보는커녕 내 존재조차 미약한 곳에서 스리쿠션으로 들어온 신입 사원의 첫 '소문'이 체육관에서 운동을 '열심히' 하는 1인이라는 사실. 나는 이 상황을 이해해 보고자 다각도로 골몰에 들어갔다.

열심히: 어떤 일에 온 정성을 다하여 골똘하게. 하는 일에 마음을 다해 힘써서.

그렇다면 나는 운동에 '온 정성을 다하여 골똘'했는가. 운동에 '마음을 다해 힘써서' 임했던가? 나는 헬스장에서 누구와 잠시라도 잡담을 나누거나 휴대폰을 만지작하며 딴청 피우는 일은 거의 없다. 10년도 더 전의 그 지나 데이비스(「'간지'는 너무 중요해」꼭지 참고) 말고는 남이 운동하는 것에 큰 관심이 없고, 이미 꽉 짜인 내 루틴을 이어 가느라 충분히 분주하다.

준비 운동으로 워밍업을 하고, 바로 나이키 트레이닝 앱으로 30~40분 동안 근력 운동을 하는 것. 끝나면 물 한 모금 마신 후, 러닝머신에서 속도 11~12km/h로 놓고 3~4km 달리기. 그 후 다리 찢어 스트레칭 '뺙뺙' 하고 곧장 샤워실로 뛰어 들어간다. 그 사이에는 한숨을 돌릴 시간도, 잡담이 이루어질 틈도 없다. 운동 사이사이 나는 실로 바람처럼 쌩 하고 이동한다. 운동 루틴은 철저하게 지켜진다. 체육관에 안 오면 안 왔지, 무거운 몸 일으켜 들어온 이상 설렁설렁은 없다. 땀 쭉 빼고 숨 헐떡이며 축지법으로 다니기. 전체 운동 시간이 1시간이라면 나는 59분 30초를 운동으로 채운다.

그로부터 2주나 지났을까. 러닝에 스트레칭까지 마친 후 여느 때처럼 벌개진 얼굴에 숨 몰아쉬며 샤워실 물을 쏴~ 틀었을 때다. 매번 같은 시간대에 만나 눈인사를 나누던 체육관 동료가 옆 샤워 부스에서 나에게 이렇게 말을 건넨다.

"정말 열심히 하더라, 자기. 어떻게 그렇게 열심히 해요?"

오 마이 갓! '열심히'란 대체 무엇이란 말인가, 되묻고 싶었지만 쏟아지는 찬물을 맞으며 나는 그저 "네? 제가요? 호호호……" 하며 웃어넘기려는데, 그가 한 번 더 말했다.

"너무 열심히 하더라. 매일같이. 나는 처음 봤어요."

그제야 나는 다른 사람들은 어떻게 운동을 하는지 살펴봤다. 내 운동에 매진하느라 남들도 그렇게 하는 줄 알고 굳이 둘러볼 생각을 못 했다. 어떤 이가 GX룸에 들어와 폼롤러로 몸 구석구석을 마사지한다. 이내 누워서 휴대폰을 한참 만지작거리더니, 내가 30분 근력 운동 하고 러닝머신 뛰러 나갈 때까지, 그는 아예 폼롤러를 베개 삼아 베고 누워 폰을 바라보며 연신 웃고 있었다.

러닝머신으로 가는 길, 각종 기구에 앉아 있거나 누워 있는 사람들이 보였다. 두 팔로 바를 당기는 '랫풀다운' 기구에 앉은 어떤 이는 두 팔이 실로 자유로운 채로, 옆에 선 다른 사람과 대화를 나누고 있었다. 내가 바로 앞 러닝머신에서 1km 남짓을 뛰는 5~6분 동안 그들의 대화는 이어졌다. 어떤 이는 운동하는 구역에서는 한 번도 본 적이 없건만, 매일 샤워실에서만 꼬박꼬박 마주치기도 했다.

그제야 알 것 같았다. 나는 운동을 '열심히' 하는 사람이 맞구나. 그러고 보니 이런 말을 들은 게 처음은 아니었다. 지난, 지지난 헬스장에서도 몇몇 어머님께 비슷한 말을 들은 적이 있었다. 그렇다. 같은 체육관에도 나처럼 축지법으로 이동하며 따박따박 운동 루틴을 해내는 사람은 많지 않았다. 그 와중에 나도 모르게 저분은 운동 열심히 하는 분, 러닝머신 오래 뛰는 분, 무게 꽤나 치는 머슬맨 같은 식으로 군중 속 '열심히'를 자연스럽게 알아보고 있었다는 사실도 깨달았다.

맞다. 나는 운동을 열심히 하는 부류에 속했다. 이왕 움직이기로 한 몸, 쉼 없이 몰아붙여 땀을 내야 하고, 이왕 단련하기로 한 근육, 타협 않고 '조져야' 한다. 무산소로 무리했으면 유산소로 숨 넘어가게 끝내야 하고, 스트레칭으로 온몸을 제대로 회복시켜야 했다. 출근 시간까지 거의 초 단위로 이 모든 걸 해내야 했으니 내가 체육관에서 '농땡이'를 필 여유란 없다는 게 지당했다.

새로운 직장에서 일로 평가를 받기도 전에 나는 운동을 열심히 하는 사람이 먼저 되었다. 그것도 두 번 연달아. 나는 요즘 '온 정성을 골똘하게', '마음을 다해 힘써서' 운동하는 데에 동기 부여를 받으며 좀 신났다. '열심히'란 내가 15년 넘게 해온 운동의 지극히 필연적인 결과이자, 당연한 과정이었다. 체육관에서 1시간 운동을 하면서 땀 한 방울 안 나고 머리 한 번 안 헝클어진 채 뽀송하신 저기 저분? 그게 대체 뭔 신묘한 운동인지 알려달라. 숨 한 번 턱끝까지 안 차고 러닝머신 위에서 TV 보다 내려올 거면, 그 하루는 한숨 더 자는 게 수면 건강에는 낫지 싶다.

　　우리의 사회생활 대부분이 열심히 하는 것과 잘하는 것이 별개라면, 운동은 열심히 하는 게 곧 잘하는 거다. 우연히 '첫 끗발'에 잘해 버렸다 해도 꾸준히 열심히 해야 유지할 수 있는 게 운동이요, 몸이다.

　　몸을 쓴다는 건 무조건 '열심히'를 동반해야 단련될 수 있다. 또한 열심히 하면 몸은 반드시 결과를 보여준다. 그게 운동의 이치이고 진리다. 그러니 체육관 1년치 끊은 것만으로 만족하지 말고, 체육관 나왔다는 것에만 위안 삼지 말고, 진짜 열심히 운동해서 땀 한 방울이라도 더 흘려보자. 열심의 하루를 차곡차곡 쌓아가 보자. 그렇게 '열심'의 의미를 온몸으로 느껴보자. 내가 마흔 넘어 운동 '열심히' 한다고 칭찬 좀 받은 여자라서 하는 말이다. 엣헴.

19   50 대 50, 지독한 제로섬 게임

세상에 가장 충돌하는 명제가 있다면 '사람 안 변한다'
와 '사람은 변한다'가 아닐까. '변한다' 파와 '안 변한다'
파는 늘 50 대 50으로 싸운다. 나는 이제 둘 다를 비슷
한 비율로 믿는다. 사람은 안 변하면서 변한다. 변하면
서 안 변한다. 내가 운동을 하는 사람이 된 것도, 아침
운동을 15년 동안 유지한 것도 사람 변하면서 안 변한
다는 증거다.

운동은 어쩌면 스스로 적극적으로 변화하는 과정
이다. 다른 사람이 되어가는 일. 그렇지만 다르기 위해
같아야 한다는 것, 그 반대의 아이러니 또한 성립하는
일이다. 유지하기 위한 몸부림이자, 지속적으로 몸부
림쳐야 유지되는 일. 몸에서 자유롭고자 몸에 매이는
행위. 스트레스에서 벗어나는 도피처이자, 매일같이
숙제처럼 다가와 스트레스를 주는 대상이기도 하다.

젊은 시절의 타고난 몸을 유지하고 싶다면, 나이를
먹을수록 먹던 것을 똑같이 먹으면 안 된다. 군살이 붙
는 자리마다 쌓이는 지방을 운동으로 걷어내고 근육
으로 채워야 한다. 최대한 유지하려면 스스로 적극적
으로 달라져야 한다는 이야기다. 나는 매일이 다른 사

람이 된다. 다름을 실천하려는 나의 같음에 안도한다. 변해 가는 15년이 쌓여 내일의 같음을 믿게 된다.

처음 운동할 때는 식단부터 바꿔야 했다. 겉으로는 티가 잘 안 나도 부지런히 군살이 붙어나고, 몸이 무거워지는 게 어쩌면 당연한 노화의 수순. 예전에는 생각 없이 먹던 머슴밥 두 공기, 야식도 이제는 허벅지 찔러 가며 참아야 했다. 탄수화물을 줄이고, '단백질무새'가 되어갔다. 흰쌀밥이나 빵 같은 정제 탄수화물 대신 잡곡밥, 호밀빵을 골라 먹었다. 과일 주스나 탄산음료와는 안녕, 혈당 스파이크를 따지게 됐다. 입에 즐거운 것이 몸에 대체로 나쁘다는 것을 열심히 주입해야 했다. 당장의 당이 주는 즐거움을 반으로, 다시 반의 반으로, 당연하게 누렸던 욕망을 하나둘씩 억눌러야 했다.

아무리 성인군자도 이게 자연스럽고 기꺼울 리 만무하다. 욕망은 누르는 동안 그냥 눌리지 않고 다른 쪽으로 자꾸 제 몸을 불려 간다. 그러다 언젠가는 엉뚱한 데서 펑 하고 터져 나온다. 입 터졌다고 말하는 그런 날, 다이어터들이 꼭 한 번씩 맞닥뜨리는 요요 현상이 바로 그 결과다. 그리하여 무작정 억누름 이후의 다스림에 대해서도 배워나가야 했다. 운동이 바로 그 다스림의 수단이 될 수 있다.

식단으로 신체를 결코 다 바꿀 수는 없고. 입 터짐의 대가를 운동으로 어느 정도 상쇄할 수 있다. 10여 년 운동을 하면서 입 터지고 후회하고, 운동하고 억누르다 다시 터지고 또 후회하고…… 평생 끝나지 않을 것만 같은 제로섬 게임을 했다.

그러다 불현듯 내가 식단을 좀 덜 신경 써도 서서히 괜찮아지는 시기가 온다. 매끼 평생 식단만 할 수 없고, 디저트를 좀 먹어도, 입이 좀 터져도 운동한 몸이 스스로 그것을 견딜 수 있도록 발달된다. 혈당이 스파이크를 세게 때릴 때 운동하는 몸은 블로킹을 잘 해내는 쪽으로 조금씩 변화한다.

30대 때까지 '나는 원래 디저트를 좋아하지 않는 사람'인 줄 알았다. 그런데 어쩌면 스스로를 그렇게 설득했던 것도 같다. 이제는 내가 디저트를 좋아한다는 것을 인정한다. 세상에 이렇게나 달고 맛있는 게 많은데 그걸 어찌 다 끊고 살라는 말인가. 이제는 고칼로리 디저트도 꽤 자주 먹고, 끊었다고 여겼던 탄산음료도 종종 마신다. 저염식만 고집하지 않고 맵고 짜고 달고 신 거 덜 가리고 먹는다. 그 좋아하는 김치, 젓갈, 짠지 등등 에브리바디 커몬. 잡곡밥을 선호하지만, 없을 때는 흰쌀밥도 먹는다. 대신 밥은 적게 반찬은 많이. 적게 먹은 밥 이후는 양껏 보상한다. 식후 디저트는 뭐니 뭐니 해도 빵, 과자, 아이스크림이지, 안 그래?

식단에 유연해진 건 근래 4~5년간 일어난 변화다. 매끼를 조심하다 크게 조심하지 않는 변화를 거듭하는 가운데서도 달라지지 않은 것은 매일 하는 아침 운동이요, 그 결과인 몸의 형태다. 먹고 싶은 욕망을 덜 억제해도 운동은 내가 비슷한 몸을 유지하도록 도왔다. 나는 지방을 웬만큼 섭취해도 빠르게 연소되는 몸을, 단 걸 먹어도 혈당 스파이크를 잘 리시브할 수 있는 몸으로 지속적으로 변화하고 있다. 배우 전지현이 운동을 하루에 3~4시간씩 하면서 "먹고 싶은 걸 먹기 위해서"라고 했다는데. 경험만큼은 백번 공감한다.

어제 나는 여느 때처럼 삼시 세끼 꼬박 챙겨 먹고, 술 마신다고 2차 가서 치킨도 뜯고, 잘 기억은 안 나는 데 막차로 해장한답시고 순대국도 퍼먹고 들어온 것 같다. 아침에 얼굴을 보니 거의 신생아처럼 포동포동 부어 있다. 이 지긋지긋한 술꾼의 굴레. 그렇지만 어쩔 것인가. 어제의 나도 나고, 그걸 지긋지긋해 하는 오늘의 나도 나다. 나는 부은 얼굴로 다시 여느 때처럼 아침 운동을 한다. 삼시 세끼를 챙겨 먹는다. 하루 좀 부었다고 무작정 굶지 않는 것도 내 운동 습관 중 하나다.

'참고 참다 입 터짐'과 '화들짝 놀라 굶기'의 악순환은 더 이상 내 것이 아니다. 건강한 몸은 무작정 날씬한 몸이 아니라 항상성을 가진 몸이다. 어제처럼 몸의 항상성을 해치는 이벤트는 하루이틀로 족하다. 확 찌지도 확 빠지지도 않는 그저 그런 상태. 외부의 환경이 변해도 그에 크게 휘둘리지 않고 유지되는 몸이라 나는 꽤 건강한 몸이라 믿는다.

나의 운동은 칼각의 모범생이 아니라 잠시 방황해도 원래대로 돌아갈 수 있음이다. 어쩌다 터진 입은 언제든 또다시 찾아온다. 중요한 건 다시 루틴대로 돌아가는 것이다. 어쩌다 부은 얼굴 이끌고 원래대로 아침 운동으로 땀 빼고, 원래대로 삼시 세끼 건강 식단 챙겨 먹는다. 얼굴 부기가 싸악 빠지고 사십 대의 주름으로 돌아오는데 이틀이면 된다. 어쨌든 그러면 불편했던 속도, 금세 달라붙은 것만 같던 허리 군살이나 부기도 그날의 취한 기분 탓으로 돌릴 수 있다.

나는 매일이 다르지만 다시 같다. 매일 똑같이 운동하다 보면 나는 매일 달라지는 몸이 된다. 운동은 달라지는 나를 위한 매일의 같음. 매일의 같음으로 나는 다시 달라진다. 부은 건 기분 탓인가? 응, 기분 탓이다. 주름이 펴진 것 같은 이 느낌적인 느낌은 느낌 탓인가? 응, 느낌일 뿐이다. 40대의 완연한 주름이 잘 자리 잡고 있는 그게 나답다. 기분 탓으로 돌리고 나는 매일을 똑같이 달라진다.

20

시작은 진.짜.로. 반이다

이 글을 쓰는 동안에도 당연히 늘 모닝 헬스를 했다. 15년 동안 해온 이 짓(?)을 과거 이야기로 치부하지 않기 위해 눈이 오나 비가 오나 숙취거나 그저 기분이 별로여도 매일 운동으로 하루를 시작했다. 내게는 아침이 곧 운동이요, 운동이 곧 아침이다. 모닝 헬스를 한 15년 동안 내게는 아침과 운동이 각각의 단어가 아니라 하나의 고유 명사가 되었다. 그게 일개 평범한 운동인의 하나뿐인 운동 이야기를 쓰는 동력이 됐다.

물론 피로했다. 나이에 장사 없다. 운동을 하면 피로를 못 느끼는 게 아니라 피로한 몸에 대해 좀 더 미묘하고 복잡하게 느끼게 된다. 운동 안 하는 동년배보다 훨씬 좋은 체력을 자랑한다기보다는 체력과 몸 상태에 대해 좀 더 구체적으로 정확하게 알게 됨에 가깝다.

나는 그리하여 신체의 변화, 즉 노화에 대해 무작정 좌절하지 않는다. '내 몸이 왜 이래?'라고 문득 억울해하지도 않다. 운동을 통해 매일 몸을 맞닥뜨리는 연습을 함으로써 노화와 '함께' 어떻게 하면 '잘' 살아갈 수 있을지를 고민한다. 운동의 기능이 바로 거기에 있다고 나는 믿는다.

시간을 거슬러보겠다는 호기로움과 일정 부분 거슬러보는 쾌감. 그러나 이내 시간은 결코 거스를 수 없다는 맞닥뜨림과 그럼에도 지속한다는 자기 위안. 신체의 한계를 뛰어넘다가도, 세월이라는 무너치지 않는 벽의 존재를 인정하는 것. 팔 굽혀 펴기를 해낸 성취감과 다시 그 이상은 안 된다는 받아들임이 내게는 운동이 주는 정반대의 안도다.

내게는 운동이 하루를 여는 문이자, 동시에 하루의 닫힘까지는 보장할 수 없다는 사실 적시다. 그저 하루의 문을 나는 오늘도 운동으로 열어보기, 거기까지다. 시간과 싸우지 않고, 하루 잘 타협해 보자고 내밀어 보는 악수다.

나는 그리하여 시작을 믿는다. 시작이 반, 아니 내게는 반 이상이라는 걸 몸으로 새겨온 시간이 있다. 운동을 해냈다는 성취로 나는 매일 아침을 시작한다. 나에게는 성취가 쉬웠다. 탁월함을 담보하지 않고도 매일을 작게 해낸 운동이라는 성취가 나락으로 떨어지기 전, 언제나 나의 마지막 방어선이 되어주었다. 운동이라는 매일의 시작으로 나는 나를 끝끝내 하찮게 여기지 않게 했다.

나는 그리하여 시작을 믿는다. 어떤 시작에 있어 늦은 시작이란 없고, 내가 시작할 때 시작은 이뤄진다는 것을 믿는다. 나는 지난 15년 동안 언제든 끝날 수 있었다. 앞으로도 얼마든지 하루아침에 끝날 수 있다. 15년을 아침 운동으로 시작하면서 내가 얼마나 끝에 쉽게 자주 노출될 수 있는지 가장 잘 알게 됐다. 그게 내가 매일같이 시작하는 이유이자 동력이다.

운동하기에 너무 늦은 나이란 없다. 15년을 해온 내가 있다면, 지금 시작해 15년을 하면 당신은 내가 된다. 15년을 해온 내가 있다면, 30년을 운동해 온 당신에 비해 나는 아직 15년이나 더 남았다.

아침 운동이 내게 시작을 믿게 했다. 끝장나도 또 시작하면 된다고 어깨를 토닥여주었다. 실패해도 언제든 일어나기만 하라고 아량을 베풀어주었다. 일어날 수 있을 만큼의 근력과 배짱을 만들어주었다.

40대 중반을 향해 가는 나에게, 이쯤 되면 대체로 끝나가는 게 아닌가 고민하는 나의 동년배들 혹은 선배 님에게, 언제부터인가 이미 끝나버린 것은 아닌지, 실은 태어날 때부터 어떤 실패의 소산이 아닐까 생의 하루하루가 어려운 우리에게 일단 시작을 믿어보자고 말하고 싶다.

끝이라고 생각한다면 그 자리에서 다시 시작하면 시작이다. 숨차도록 달리고 있는데, 누가 넌 끝났다고 야유해도 난 아직 피니시 라인도 못 봤는데 뭔 소리냐고 내뱉겠다. "준비, 땅!"을 외치는 건 결국 나 자신, 내 힘으로 기른 배짱이다.

아침 운동은 나에게 시작을 믿게 한다. 나는 언제라도 다시 시작한다. 끝날 때까지 끝난 게 아니니까. 내가 시작할 때야 비로소 나의 시작은 시작되니까. 시작은 진.짜.로. 반이니까. 모닝 헬스가 당신에게도, 시작하게 하기를.

모닝 헬스가 나에게
운동 '안'하기에 15년째 실패 중

초판 1쇄 발행 2026년 1월 16일
지은이 성영주
펴낸이 안지선

편집 신정진
디자인 다미엘
마케팅 타인의취향 김경민, 김나영, 강지민
경영지원 강미연

펴낸곳 (주)몽스북
출판등록 2018년 10월 22일 제2018−000212호
주소 서울시 강남구 테헤란로 151, 1006호
이메일 monsbook33@gmail.com

© 성영주, 2025
이 책 내용의 전부 또는 일부를 재사용하려면
출판사와 저자 양측의 서면 동의를 얻어야 합니다.
ISBN 979-11-995392-6-6 02810

mons
(주)몽스북은 생활 철학, 미식, 환경, 디자인, 리빙 등 일상의 의미와
라이프스타일의 가치를 담은 창작물을 소개합니다.